張曼娟讀

奧·亨利

原著——奧·亨利

編譯／導讀——張曼娟

O. Henry

目次

O. Henry

【張曼娟的課外讀物——總序】

誠徵閱讀夥伴

我的童年沒有安親班和夏令營，總覺得每年暑假都很悠長。在蟬鳴聲中醒來，寫完了暑假作業，為紙娃娃設計繪製兩件漂亮的衣服之後，便將家裡那寥寥可數的課外書再讀一遍，其實已經讀過了幾十遍。因為家庭環境並不寬裕，「閒雜書」不是父母計畫以內的支出，那幾本故事書是某個阿姨、叔叔的饋贈，書皮已經破損了，書頁都快散落了，卻仍很寶貴。我一邊閱讀著，一邊等待家住對面的同伴，帶著他們新買的書過來找我。我們會趴在冰涼的磨石子地板上，共享閱讀的美好時光。

念小學的時候，學校並沒有圖書館，卻有許多書箱子，每個星期，會有一個將課外書裝得滿滿的木箱子，送進教室，我們一擁而上，挑選自己喜歡的書，如飢似渴的閱讀，廢寢忘食。因為不可能一人擁有一本書，於是，兩、三位同學會坐在一起，共讀一本書，翻書的同學自有一種節奏，時間掌握得很好。當她翻到新的一頁，我能感覺到心臟卜卜的跳動著，彷彿新的世界在我眼前升起。

讀到恐怖故事時，忍不住擠在一起；讀到有趣的情節，笑得前俯後仰；讀到悲傷的畫面，聽見彼此吸鼻子的哭泣聲音。如果我不是其中的一個孩子，如果我站在不遠處觀看這個情景，應該是一幅令人怦然心動的圖畫吧。

升上國中以後，除了教科書和參考書，其他的書都是雜書，因為「聯考」大敵壓境，全力以赴都不見得能應付，不該浪費時間在「沒有用」的事物上。因此，我常看見同學因為在課堂上偷偷讀課外書被體罰；因為夾帶課外書來學校而被沒收。

其實，青少年對世界和自我的龐大探索正要展開，他們需要各式各樣的閱讀，去拼湊未來人生所需要的一切圖像、聲音與感受；去慢慢形塑一個完整的自己，並建立起與外界溝通和連結的能力。

許多年後，當我成為教師，成為作家，成為推動閱讀者，不斷有家長向我詢問：「該如何為孩子挑選課外讀物？」；「可以推薦課外讀物給我的孩子嗎？」；「世界名著會不會艱澀難懂？」；「孩子該從哪些書開始入門？」這些詢問匯聚而成的聲音是：「讓我的孩子閱讀好看的課外讀物吧。」

於是，在2021年夏天，與麥田出版社合作，我為青少年重新編選了【張曼娟的課外讀物】這套書，精選出美國作家奧．亨利、俄國作家契訶夫、日本作家芥川龍之介、英國作家王爾德共四位世界名家，都是我自己衷心喜愛的。從他們的作品中，選出精采可讀，人物刻劃生動，並帶有啟發性的故事。雖然，四位名家都不是現代人，他們的創作卻具有現代性，甚至是未來性，讀來常有悸動之處，令人低迴不已。

青少年翻閱這套書時，我希望他們能感到世界以暗沉或明亮；直率或詩意；纏繞糾結或是豁然開朗，展現出真實樣貌，當他們伸出心靈之手去觸摸，能感受到溫柔的脈動。

至於我扮演的角色，不只是選書和推薦人，更是和孩子們一起共讀的那個人，輕輕為他們翻開書，在期待中翻到下一頁。因此每本書都有作者介紹、導讀，每一篇都附上「曼娟私語」和「想一想，得到更多」，讓他們感覺到閱讀是有人陪伴的。

看哪，激勵著疫病女孩的最後一片葉子，暗夜風雪中會不會凋落呢？一個社交名媛失去了華服與妝飾，還能享受眾星拱月的虛榮嗎？茂密竹林中發生了命案，誰才是真正的受害者？為了幫助快樂王子解救人民而犧牲的小燕子，僵臥在寒冷中，牠會不會後悔？

故事就要開始了，我們都就定位了，一起來讀一本書吧。作為家長的您，是否也願意坐在孩子的另一邊，當孩子拿起他喜歡的課外讀物時，成為他的閱讀夥伴？

斜槓青年
奧·亨利

自 1899 年起，美國各大報紙和雜誌紛紛刊出作者名為「奧・亨利」一的短篇小說，例如刊登於《紐約週日世界報》的〈愛的禮物〉，故事情節使人動容，到現在仍然廣為流傳。這位作家出現得突然且沒有任何人知道他的本名，對當時的人們來說是一個神祕的存在。

有別於描寫繁華的都市生活，奧・亨利筆下多寫中下階層的市井小民對生活和愛情的掙扎及無奈，筆調時而幽默、時而諷刺，並時常在故事結尾處神來一筆，創造出讀者津津樂道的「奧．亨利式結尾」。

究竟這位「奧．亨利」是何許人也？本名威廉．西尼．波特（William Sydney Porter，1862 - 1910）的奧．亨利（O. Henry），是一位出生於美國北加州醫生家庭的著名短篇小說家。三歲時，母親因肺病去世，父親便帶著年幼的奧．亨利搬去和祖母、姑姑同住，並在姑姑所創辦的私人學堂念書。

這段時間，他大量閱讀古典文學，因此滋養了他的藝術天分。青少年時期的奧．亨利因父親酗酒及家中經濟問題，面臨人生第一次的重大轉折，他放棄學校生活，轉而到親戚開設的藥局當學徒，並考取藥劑師的資格。在南方生活的種種，也成為他寫作短篇小說〈都市生活〉的取材。

1882 年對當時二十歲的奧．亨利來說是人生第二次的轉折。

這年，他的健康狀況欠佳，在醫生建議下搬到德州的鄉間牧場調養身體。在牧場充滿清新空氣的美好環境裡，他既能養病，亦擁有些許空閒時間，除了持續閱讀文學作品，也學習西班牙語和德語。

為了在當地謀生，他做過好幾份工作，舉凡牧羊人、土地管理局的繪圖員、戲劇演員、記者、銀行行員等，可說是一百多年前的斜槓青年代表。奧．亨利豐富的工作經驗，雖然足以溫飽並帶來許多寫作的養分，但對於金錢的渴望，卻也成為他成名後一道揮之不去的枷鎖。

1887年，奧．亨利與妻子艾索爾．艾絲蒂斯結婚，生下一個女兒。為了養家活口，他選擇在德州奧斯丁市的第一國際銀行（The First National Bank）擔任出納員。這位身兼數職的作家，在銀行上班之餘不忘繼續繪畫與寫作。1894年他和友人合夥買下一份雜誌，改名為《滾石》（*The Rolling Stone*）（非現存《滾石》音樂雜誌），同時擔任寫稿人與編輯。一切似乎步上正軌，然而，現實就如同他的短篇小說中一貫出現的「奧．亨利式結尾」一般，出現令人咋舌的轉折：先前任職的銀行傳出帳目虧損的消息，隔年，雜誌也因銷售不佳而停刊。奧・亨利隨後被銀行起訴，並判決有罪。入監服刑前，他逃跑了。

宛若筆下人物的逃亡情節，真實的在奧・亨利的人生中展開，他靠著早年在農場學習的西班牙文，首先逃往紐奧良，接著到中美洲的西語國家宏都拉斯。雖然身為被法院通緝的逃犯，隨時都得戰戰兢兢，他仍不忘要把這些經歷鑄成文字記錄下來，也因此造就日後的長篇小說《白菜與國王》誕生。

逃亡第二年，岳父來信通知：妻子感染肺病且病危。冒著被逮捕的風險，他無論如何都要回國見摯愛最後一面。這一次，奧・亨利終止了逃亡生活，入監接受五年的刑期。早年在藥局的工作經驗，使他成為監獄裡的藥劑師，並開始創作能夠快速賺取稿費的短篇小說。為了不讓囚犯的身分曝光，他開始以「奧・亨利」作為筆名，創作多篇膾炙人口的短篇小說。出獄後，揮別過去，他前往紐約展開職業作家的生活。

在紐約的奧・亨利，看到的並非上層階級的權貴豪奢，他在《四百萬》一書中曾提到，紐約的繁華並非由當時人認為的「四百個」上流人士所撐起，而是那些不起眼的「四百萬」平民所造就的。

在多種行業及牢獄之災的經歷下，他的創作題材始終著重在底層人物，舉凡本書所收錄的〈麵包的祕密〉、〈愛的禮物〉、〈改邪歸正〉等，都是描寫小人物如何在艱辛的生活裡權衡麵包與愛情，或從小事件裡得到對人生的體悟。獨樹一格的敘事手法使他獲得報社青睞，作品時常見於報章雜誌，並深受廣大讀者喜愛。

突如其來的名氣和金錢，讓奧・亨利體驗到年輕時嚮往的富裕生活，漸漸的，他開始承襲父親的陋習，把賺來的稿費揮霍在賭場上，並毫無節制的酗酒。雖然他依舊創作，作品卻愈來愈少，而積欠的債務不減反增。在最糟的狀態裡，他甚至得出賣劇本以換取現金度日。

急轉直下的人生如同他的小說，糖尿病和肝硬化很快地找上門。正當讀者紛紛讚歎，這位作家總能讓每篇故事的結尾出人意料時，他卻在疾病中悄然離世，徒留四百多篇膾炙人口的短篇小說，作為最後一次的「奧．亨利式結尾」。

曼娟導讀

全都是為了愛

你一定讀過這個故事，一對相愛的貧窮夫妻，為了想要送給彼此一份貴重的聖誕禮物，而將自己最珍寶的東西變賣了。丈夫買了一對精緻的髮插，妻子買了白金錶鍊，然後他們發現，妻子變賣的是美麗的金色長髮，丈夫變賣的是那只家傳懷錶，髮插和錶鍊都用不著。他們依舊是那麼貧窮，他們拿著無用的禮物，可是，他們所擁有的卻是這世上最稀罕的無價之寶，純粹的愛情。

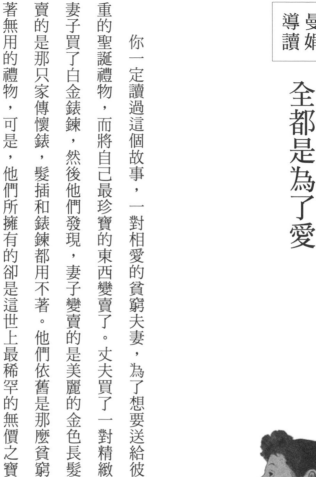

這就是〈愛的禮物〉。你可能聽過不只一次，每次聽見便因為有這樣的愛情而覺得安心；每次聽見也讚歎這故事說得真不錯，可是，你卻因為忙碌或是別的事，而忘了追問一聲，這是誰寫的故事呢？他說的故事都這麼精采嗎？

這一次，你千萬不可以再錯過這位短篇小說魔法師——奧・亨利。奧・亨利這個人原本是不存在的，假如他沒有寫過這麼多新穎動人的小說。

這些短篇小說原本是不存在的，假如奧・亨利未受過拘禁牢獄的屈辱痛苦。

奧・亨利本名威廉・西尼・波特（William Sydney Porter），是一個充滿浪漫性格的夢想家，他自稱二十歲之前已經完成了一生的閱讀了。他成年之後結婚並在銀行任職，為了支撐他自己辦的一份雜誌的排版和印刷，挪用了銀行公款，雜誌的滯銷使他血本無歸，被通緝的威廉逃到宏都拉斯去躲藏了兩年，後來聽說妻子病危，他冒著被逮捕的風險，潛回來見妻子最後一面。

為了這份深情，他付出了被判刑入獄的代價。身在囹圄之中的威廉，開始認真創作，將稿酬補貼女兒的生活費用，他在當時頗富盛名的雜誌上發表第一個短篇小說，並在作者署名簽下了「奧．亨利」，一個新的名字，一個新的身分，一種新的品味人生的藝術方式。

我在二十一世紀，開始進入奧．亨利的世界，一百多年前，正是奧．亨利的創作力最旺盛的時候，他遷居紐約，大都會的氣味，時髦男女身上的色彩，城市高度發展的壯麗與荒涼，倉促的、粗糙的現實生活；舒緩的、精美的情感想像，交織成奧．亨利永不過時的小說世界。

曾有朋友在餐廳裡問奧．亨利：「寫作的靈感從哪裡來呢？」（真奇怪，所有的作家都不能避免要回答這樣的問題。）

奧・亨利回答他：「隨時隨地都可以有靈感啊。」說著，他順手拿起菜單：「這裡面也能寫一個故事……」於是，與菜單有關的〈蒲公英約定〉就這樣產生了。（這樣的隨心所欲，可不是每個作家都能做到的。）

都市生活中的人們，特別需要一種階級，一個身分，〈七月忘憂草旅館〉裡先後住進來兩位雍容優雅的男女客人，他們的舉手投足，顯示出高貴的出身與教養，旅館裡不論是客人或侍者，都感到意亂情迷，忍不住想要親近，然而，當他們倆面對面的時候，卻是祕密即將揭開的剎那。

〈改邪歸正〉裡的警探窮多年之力，追捕一位手法高明的慣竊，卻在最後關頭鬆手，到底為了什麼？

〈麵包的祕密〉中麵包店老闆娘暗暗戀上一位買麵包的客人，她疼惜他總是買隔夜的白麵包，於是悄悄夾了奶油在麵包裡，結果卻引發一場大風波，究竟是怎麼回事呢？

當婚姻與家庭暴力成為眾人交相指責的罪惡，卻有個蠢女人相信〈打是情罵是愛〉，她為了丈夫從不打罵她鬱鬱寡歡，這一次，她決定先發制人，發動一切攻勢逼丈夫表現「男子氣概」，到底能不能得逞？

對於〈忙碌的一天〉中的男主角，我特別覺得親切，因為認真工作的我們，也是那樣的忙碌與同等的健忘，忙到某個極限，真的是會忘記許多重要的事啊。讀著這個故事的人，或拍案叫絕或搖頭嘆息，我卻努力找出一點光明的希望，看哪，即使再忙碌，愛戀的感覺還是如此鮮明清晰的啊。

從奧．亨利作品中精挑細選的八個故事，重新編排譯寫，文字流麗如詩，總是匪夷所思的情節，驚奇中被感動攫住，還有著對於人生悠長美好的理解，真是一次豐美的閱讀收穫。仔細讀來，可以發現其中的脈流，全都是為了愛啊。

就像那篇著名的〈最後一片葉子〉，風雪中垂掛牆上的一片葉子，是病中女孩生命的幽微燭光，落拓的畫家用自己的犧牲，繪下永恆的葉片。奧．亨利在勞頓的人生旅途中顛躓，為的是留下這些精采絕倫，充滿啟示的故事，照亮我們的心靈谷地。

愛的禮物

O. Henry

一元八十七分。

黛拉的總財產不過就只有一元八十七分而已。這也就算了，更難為情的是這一點點錢，竟然還都是一堆小面額的零錢，簡直是寒酸至極。

她心想，跟小販或雜貨店老闆斤斤計較，省了半天，爭得面紅耳赤，甚至還被他們奚落取笑，到頭來竟然只能省下這麼一點點錢。

黛拉忍不住再數了一次手上的錢，以為多數一次，數目就會增加，可是一元八十七分就是一元八十七分，不多也不少。

「怎麼辦？才這麼一點錢，能做什麼呢？明天就是聖誕節了啊，這樣下去根本不可能買到什麼像樣的禮物嘛。」

黛拉坐在長長的板凳上喃喃自語，說著說著，居然就徬徨無奈地啜泣起來了。就只能這樣無助地繼續哭下去了吧，所幸，哭是不需要錢的。

終於，過了好一會兒，她停止了哭泣。

黛拉一如往常地回家了，只是回到家，她仍然不能平復情緒。

這棟黛拉與先生吉姆所居住的小公寓，大概因為太破舊的緣故，每個星期僅需八元的租金，還附贈家具。如此便宜的房租竟然還會附帶家具，可見這個地方實在不怎麼樣了。

一樓的大門口除了信箱和門鈴以外，還掛著一塊寫著「詹姆士．迪林翰．陽先生」的木牌子。這位「詹姆士．迪林翰．陽先生」就是黛拉口中暱稱的吉姆。木牌似乎隨著房子主人的生活狀況而悄悄改變，當主人曾擁有三十元週薪的日子時，牌子上的字跡清楚得熠熠發光；如今，當主人減薪成一週二十一元時，這幾個字竟也隨之斑駁模糊了。雖然如此，黛拉對吉姆的愛卻一點也沒有褪色消逝。在黛拉的心中，吉姆永遠是她最深愛的人。黛拉拿出粉撲輕拍臉頰，想讓哭過的痕跡煙消雲散。

可是整個人無奈的落寞是不能掩飾的，她走到窗邊，呆呆地望著外頭，

看見一隻灰色的小貓咪正跳躍過灰色的圍牆。她忽然覺得自己連那隻小貓都不如，她跳不過她生命中那道困境的牆。她低下頭，又想起明天就是聖誕節了，而她僅有一元八十七分，要怎麼買一份聖誕禮物給親愛的吉姆呢？她一直計畫著要送吉姆一份特別的聖誕禮物，當然，這份禮物是必須很雅緻，很獨特的，因為，這樣才能夠與吉姆不可替代的氣質相得益彰啊。

身材高䠷但卻瘦弱的黛拉轉過身子時，忽然瞥見屋子裡的鏡子。她的眼睛閃出光芒，但旋即在幾秒鐘之內又頓失神采。

她解開髮飾，如瀑的長髮緩緩垂流而下，在窗外透進的陽光中閃閃發亮……在艱困的生活環境中，有兩件事是能讓黛拉夫婦倆深以為傲的。黛拉的金黃長髮是其中一個，另一個則是吉姆手上的祖傳金錶。黛拉一頭柔亮美麗的長髮，相信即便是皇室的女王，配戴起貴重的珠寶也無法與之匹敵。同樣的，吉姆若是戴著這只懷錶走進國王的藏寶室，寶藏也會因此黯然失色。

黛拉此刻注視著鏡中的自己，看著長髮像一件披肩那樣的圍著她。她把頭髮再度束起來，輕輕撥弄，然後在心底做了一個勇敢的決定。

她穿上大衣，眼神散放出光彩，匆匆地出門下樓。她一直走著，直到遇見一間「蘇弗妮夫人美髮」才停下腳步。她推開門，有些緊張地步入店裡，忐忑不安到甚至不敢看老闆娘一眼。好不容易，她鼓起勇氣問：

「我……想要賣髮，可以嗎？」

「可以的，」老闆娘說：「請脫下帽子，讓我看看妳的頭髮有多長？」

黛拉脫下帽子，頭髮柔順地在肩上滑溜下來。老闆娘摸了摸頭髮，非常熟練而專業的說：

「嗯，二十元吧。妳的長髮可以賣到二十元。」

「太好了！我現在就賣，愈快愈好！」

黛拉雖然捨不得她的秀髮，可是為了送給心愛的吉姆一份聖誕禮物，她願意犧牲。當老闆娘一刀又一刀剪下她的頭髮時，她幾乎不敢正視鏡中的自己。她閉起眼，第一次感覺，剪髮竟然也會疼痛。

那頭人人稱羨的，令我驕傲的頭髮就這麼離開了嗎？她在心底問自己。但很快地她又想，頭髮離開了，但在她和吉姆之間的愛是永遠不會離開的。

離開美髮店以後，黛拉晃盪在街上謹慎地尋找合適於吉姆的禮物。兩個小時以後，她終於找到了。

那是一條白金錶鍊，樣式極簡但卻充滿設計感，全然是靠著它的質感而非譁眾取寵的外表來吸引人。穩重而有內涵，這不正是吉姆的化身嗎？黛拉高興極了，以為世界上再不可能有另一樣禮物與吉姆如此匹配，襯托出吉姆的個性。同時，她知道只有那麼優秀的吉姆才有資格擁有它。

這條錶鍊價值二十一元，黛拉買下了她，於是身邊就只剩下八十七分錢了。不過沒關係，黛拉想，有了這款錶鍊，配上吉姆原有的金錶，肯定很完美，而且，吉姆會愈來愈喜歡看錶，不但因此會常常想到她，也將更懂得珍惜時間吧。

她很投入地想著，突然忍不住失笑。

她對自己說：「是嘛，配上這條錬子才對呀。難怪吉姆以前常自嘲自己戴的錶，實在是因為那麼大的錶，配上以前老舊的錶帶，的確很滑稽呢！」

回到家，方才的陶醉與聯想漸漸趨於冷靜和理智了。她開始想，她該怎麼面對與彌補為愛情付出的結果呢？那頭短髮怎麼看都不對。四十分鐘過去了，終於想到將頭髮吹成一個個的小捲，像一個小男學生似的。

她面對著鏡子喃喃自語起來：

「我看，吉姆見到現在的我，就算沒把我給殺了，也會故意嘲笑我，說我變得像是滑稽少女合唱團的女生吧。可是沒辦法呀，我除了賣髮以外，不知道該怎麼籌錢。只有一元八十七分能做什麼呢？」

七點鐘左右，黛拉已經快將晚餐準備好了。她的手上把玩著錶鍊，固定坐在門邊的桌角等待吉姆回家，可是今天不同的是，她在擔心吉姆會不喜歡短髮的她。

吉姆如常地準時回家了。黛拉聽見吉姆的腳步聲，緊張和興奮同時交雜在她的心中。她緊張到臉色蒼白，只好趕緊雙手合十，低聲禱告：

「主啊！請讓吉姆認為我跟以前一樣美麗，不要因為我的短髮而不開心。」

吉姆開門走進來，樣子看起來有點憔悴。他的外套很破舊，早該換新的了，而且這麼冷的天氣，他連手套也沒有。其實，吉姆才二十二歲而已，可是因為負起養家的責任，所以辛苦工作，想要不憔悴也難。

吉姆出現在黛拉的面前了。

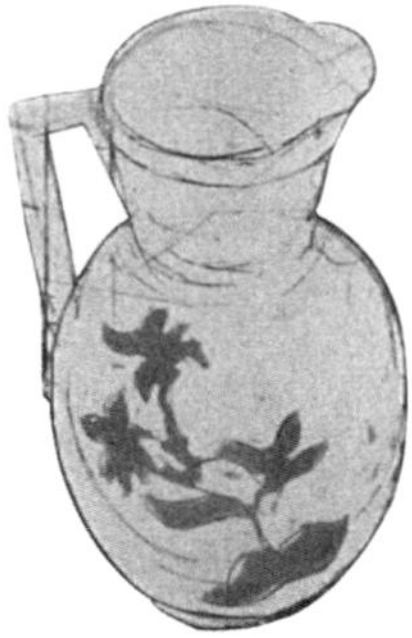

動也不動地，吉姆佇立在原地。

他盯著黛拉看，靜默的。不是驚喜也不是震驚，他的表情是超乎黛拉所想像的，令黛拉覺得很可怕。

「親愛的，別這樣看著我。」黛拉幾乎感覺難堪了，她難過地說：「是的，我把頭髮給剪了，賣給美容院。因為，我多麼希望你可以在聖誕節時收到一份獨特的禮物。你不要擔心，我的頭髮長得很快的。我是不得已的呀，你不會介意的吧？嘿，吉姆，開心一點，對我說聲聖誕快樂，不要愁眉苦臉。對了，快猜猜我送你什麼珍貴的禮物，你一定想不到的喲！」

可是吉姆仍沒有回神，不斷地問黛拉：

「妳把頭髮給剪了……」

「是，我剪了，」黛拉垂下頭，淡淡地回答：

「我剪了。所以，你不喜歡我現在的樣子了，是不是？」

「妳真的把頭髮剪了。」

吉姆再度用無法理解的眼光環顧四周，喃喃自語著。

「好了，別再說頭髮的事了。忘了它吧，今晚是聖誕夜，我們應該開心點，把握這美好的時光。雖然長髮為你而剪，但我相信這是值得的。你一定會喜歡長髮換來的聖誕禮物！」黛拉一邊說一邊靠近吉姆的身旁，她輕輕地摸著他的頭，微笑起來。

黛拉的笑好甜蜜，她看著吉姆，深情地說：

「我愛你，吉姆。愛到連我自己也分不清有多濃、有多深了。」

吉姆忽地清醒過來似的，感動得緊緊環抱住黛拉。

「黛拉，妳千萬不要以為我生氣了。我不會因為妳剪了頭髮就改變了妳在我心中的分量。我只是驚訝而已，我想，等妳打開我準備送妳的聖誕禮物，就會明白了。」

他們彼此擁抱著，他們擁抱著的愛與溫暖，像是黑暗中的燭光，燃亮了整個世界。

此時此刻，週薪八元與年薪百萬有何差別呢？吉姆心想，他和黛拉的感情不是這些金錢數目可以衡量的。

黛拉接過吉姆手中的禮物，緊張但也十分興奮地拆開包裝。然而，當她終於將盒子打開時，忽然忍不住落淚了。

吉姆送的禮物，是一對髮插。

她立刻想起那是有一回，她在百老匯的商店街看到的髮插。那時的她愛不釋手，卻只能對著身旁的吉姆說：

「好貴喲，也只能這樣看看就好了，買不起的。」現在，這對髮插居然就在她的掌心了。

純貝殼的質材，鑲著珠飾，美麗極了，只有柔亮的長髮才能襯托出它的高雅。只可惜，黛拉此刻已經變成一頭短髮了。黛拉驚訝地看著髮插，終於破涕為笑，哽咽地說：「好美！沒關係，現在雖然不能用，可是，我的頭髮很快就會長的。」吉姆望著妻子，滿足地笑起來。

黛拉淚眼模糊看著他，這時才想起，她還沒把禮物給他呢。這回，換成吉姆小心翼翼地捧著禮物，心跳加快地拆開包裝紙了。黛拉靠著他，期待當吉姆看見禮物時，會露出多麼喜悅的表情。

「啊！我的天啊！」當吉姆掀開盒蓋時發出了驚歎的聲音。

「怎麼樣？很棒吧！」黛拉高興地說：

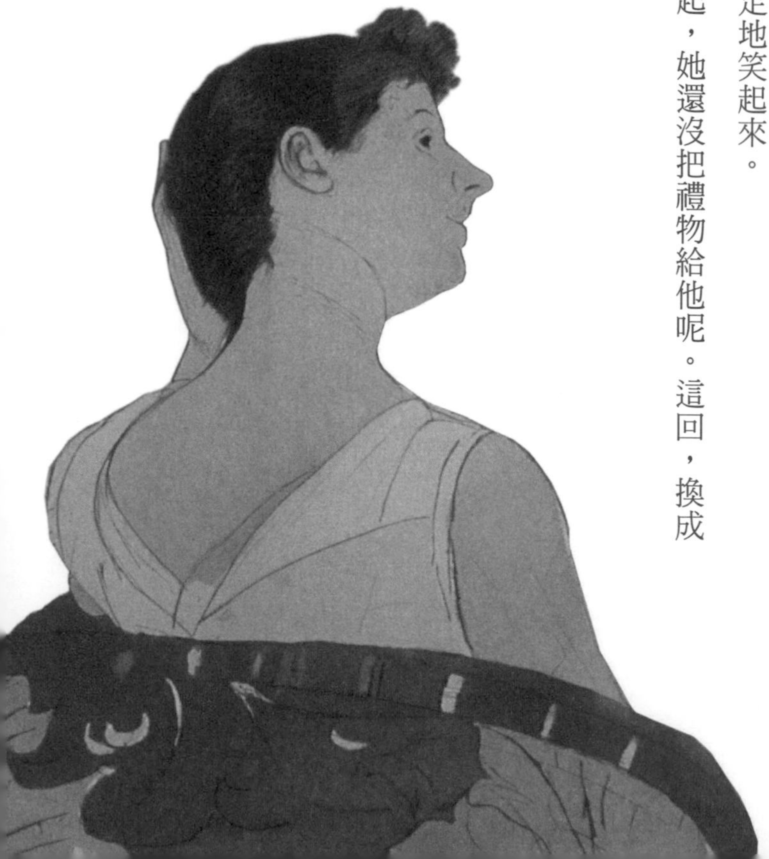

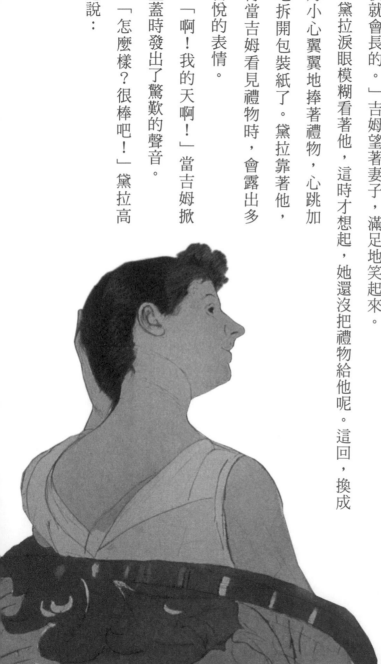

「很適合你吧！我找好久好久才發現它的。用我的頭髮換給你這麼一件珍貴的禮物是值得的。有了它，你肯定一天會看好幾百次時間呢。快，快把你的錶拿給我，我來替你將錶鍊換上。」

可是，吉姆卻沒有動靜，沒有要將錶拿給她的意思。

「你不喜歡？」黛拉緊張地問。

他緩緩坐下，微笑起來說：

「親愛的黛拉，我好喜歡。可是，現在暫時先別管聖誕禮物了，好嗎？這兩份聖誕禮，實在都太貴重了，目前恐怕都用不著。」

「為什麼？」

「因為，我賣了手錶，買下髮插給妳。」

黛拉再度落下淚來了，她又哭又笑地抱住吉姆。

吉姆撫摸著黛拉那頭俐落大方的短髮，而黛拉也緊握起他那隻無法掏出懷錶的手腕。同時，他們各自的另一隻手，都還握著彼此相贈的聖誕禮物。

這一刻，他們明白手中握住的其實是觸摸不到的，比禮物更珍重的東西。

曼娟私語

讀著這個故事，我想起年輕時常常有人問我：「愛情與麵包，到底會選擇哪一個？」

我記得自己總是很確定的回答：「愛情與麵包我都要，如果愛著彼此，就會努力的賺取麵包，怎麼捨得讓愛人餓肚子呢？」

〈愛的禮物〉中，生活貧困的黛拉和吉姆，竭盡全力，割捨了自己最珍惜的東西，為的是換成對方喜愛的禮物，如此具體的表現出愛。髮插和錶鍊當然很珍貴，但是，更令人羨慕的是他們深刻熱烈的愛情。

而且，吉姆只有二十二歲，為了黛拉，為了他們的家，他肯定會非常積極上進的工作。將來有一天，在另一個聖誕節，吉姆會在黛拉柔順閃亮的長髮上配戴髮插；而他的胸前掛著的是黛拉送給他的白金錶鍊，懷錶滴滴答答的細數著，他們相愛的每一秒鐘。

想一想 得到更多

A

吉姆並不因為黛拉剪去長髮而生氣，然而，有些人會因為另一半改變外貌而動怒，你會在意別人眼中的自己？還是自己喜歡的樣子呢？

如果真的很喜歡一個人，會因為他的外貌改變而動搖情感嗎？

B

在故事的結尾，作者說：「這一刻，他們明白手中握住的其實是觸摸不到的，比禮物更珍貴的東西。」我們也明白了，那是愛。

愛如果不表達，是無法彰顯的。你會用什麼樣的方式，向你愛的人表達心意呢？

忙碌的一天

O. Henry

這是一家位於紐約的證券行。

每天早上，忙碌至極的證券經理哈維，都會匆匆忙忙地衝進辦公室。

今天也是一樣的，上午九點半，哈維和他的年輕女速記員萊思麗小姐一起慌亂地進來。哈維的機要祕書皮齊爾見到他們時，平常面無表情的臉上不禁顯露出一股詫異和好奇。

「嘿，早！」

哈維看也沒看皮齊爾一眼，簡短對他道了早安以後，就飛快地朝他的辦公室飛奔而去。接著，他就埋頭在成堆的信件與公文裡了。

那個年輕貌美的女速記員萊思麗小姐，已經替哈維工作了一年。

她比一般做這個職業的女孩子看起來都更美麗。雖然她沒有特別的髮型設計與精心妝扮，也從不戴什麼項鍊首飾，但是卻總是吸引著眾人的目光。

她今天穿著一件灰色的衣服，很適合她散發出來的樸素和文雅的氣質。

她還戴了一頂可愛的黑頭巾帽，上面插著一支金綠色的鸚鵡羽毛。皮齊爾看在眼裡，覺得今天的她，閃著一股溫柔而羞怯的光輝。她的眼睛像夢境似的晶瑩發亮，臉頰通紅，彷彿整個人都帶著濃濃的幸福感。

皮齊爾覺得好奇，因為萊思麗小姐今天看來真的有些不一樣。她不像往常那樣，直接就走到她的辦公桌，而是有點躊躇不前地逗留在外面。好幾次，她都走到哈維的辦公室門口附近，近得好像故意要讓他知道自己在場。

坐在辦公桌前的哈維實在太忙碌了，他不停地拆信、接電話，根本沒有注意到她。不過，萊思麗小姐還是在外頭徘徊，偷偷看著辦公室裡的哈維。

終於，忙翻天的哈維用那銳利的眼神，冷漠地掃了她一下。

「有事嗎？」哈維問，很公式化的口吻。

「喔，」萊思麗小姐回答，微笑地說：「沒事、沒事。」

她離開以後，經過皮齊爾的辦公桌時問他：

「皮齊爾先生，請問哈維昨天有沒有告訴你，要另請速記員的事情？」

「有。」皮齊爾回答：「他吩咐我另找一位。昨天下午我通知介紹所，他們今天早上應該會有幾個人來面試。咦，怪了，怎麼到現在還沒來？」

「嗯，好吧，」年輕的萊思麗小姐說：「那新人還沒來以前，我還是照常工作啦。」

她說完話就走回自己的辦公桌前，並且把她的那頂帽子掛在老地方。

今天真是哈維忙碌的一天。身在全世界的經濟重鎮——紐約，可以想見一名證券經理人每天會過得多麼忙了。對證券經理人來說，他的每一分每一秒都像陀螺那樣轉個不停，彷彿擠滿乘客的車廂，前後站台都沒有立足之地，一點空隙都沒有。

至於哈維的證券公司呢，簡直就像戰場了。

股票行情自動收錄器痙攣地吐出一張張的報表，同時，電話也響個不停。人們不斷湧進公司裡，有的興奮，有的慌張，有的疾言厲色，有的則是刻薄狠毒，大家都一直叫喚著哈維。工作人員捧著信件和電報奔進奔出，因為場面太慌亂、太擁擠，好幾次工作人員都被絆倒，把文件撒落一地。連平常不露聲色的皮齊爾都泛起了些許的不耐煩。

交易所裡彷彿起了一陣颱風，大家都被吹來吹去的，忙到不成人形。哈維把椅子往牆角一推，騰出身子來處理事務，一會兒從股票行情自動收錄器跳到電話機，一會兒又從辦公桌邊跳到門口，非常靈活的動作，但匆忙的程度，在外人眼中看來恐怕會覺得他像個小丑。

就在忙得不可開交，愈來愈緊張的時刻，哈維突然看見一堆高聳的金黃色頭髮，上面是一頂抖動的絲絨帽子。原來是一個從容不迫的小姐，她穿著海豹皮的短外衣，還有一串幾乎要垂到地面的胡桃大的珠鍊。

站在她旁邊的是皮齊爾。

哈維忽然放下手中的工作，不解地看著皮齊爾和他身旁的這名女子。

「這位是……」

「來應徵的。」

哈維轉過身子面對他們，手中捧著一疊紙張和文件。

「應徵？應徵什麼？」哈維疑惑的，皺著眉頭問。

皮齊爾尷尬地回答：「應徵……嗯，速記員。您昨天吩咐我打電話，請介紹所派幾個人來應徵速記員。」

「不會吧？」哈維驚訝地說：

「你頭腦糊塗了啊？我幹嘛要應徵什麼速記員？」

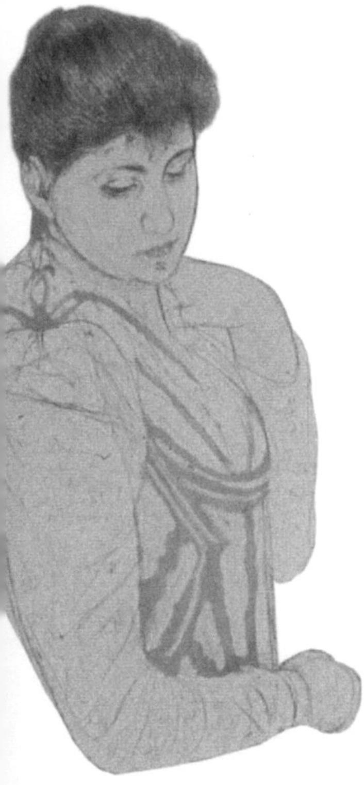

他話說到一半停下來，用一種很不屑的眼神掃了一遍那個女子。那女子被哈維看得很不自在，以為是自己的衣著出了什麼差錯，頻頻整理帽子。

「皮齊爾，快點兒把你向介紹所的徵人申請給取消吧！萊思麗小姐在這裡做了一年很令人滿意，不是嗎？只要她願意做下去，這個職位就是永遠屬於她的。至於，你身旁這位穿著如此華麗的小姐，很抱歉，這裡沒有空的職位了。」

那個女子真是尷尬極了，氣憤的轉身離去，她身上掛著的長長珠鍊擦過辦公桌，發出碰碰撞撞的聲響，彷彿代表了她心中的不平。

皮齊爾站在原處，其實也好尷尬。明明是哈維吩咐他的事情，結果哈維竟然忘記了，還怪起他來。

唉，老闆真是愈來愈貴人多忘事啊！皮齊爾在心裡想，哈維一定是太忙碌了，做什麼事情都變得心不在焉。

隨著時間推進，證券公司的業務愈來愈繁忙了。因為股市的起落以及市場競爭的激烈，哈維公司的顧客所投資的五、六種股票，都遭受到嚴重的打擊。連哈維自己的股票也很危險。這使得哈維和他的公司，承受著更緊繃的工作壓力。

買進賣出的單據滿天飛，哈維簡直像是一部高速運轉的機器，不過倒還算是一台堅固的機器。他緊張萬分，可是開足了馬力，正確精密，從不猶豫，在金融的世界裡，奮力向前衝去。

接近了午餐時分，公司裡的喧囂總算暫時平靜下來了。

哈維站在辦公桌邊，手裡拿著全是電報與各種文件。他的右耳夾著一支原子筆，一撮頭髮凌亂地散落在額頭前。

看得出他很累了，終於在中午休息時間可以鬆一口氣，所以現在佇立在窗口邊的辦公桌旁，動也不想動。

就在這個時候，哈維忽然嗅到一股不尋常的氣息。一股紫丁香的優雅氣味，包裹住了哈維，他好像跌入一方前所未至的境界，感官上獲得了極大的振奮。

是哪裡來的香氣？是春天的花香嗎？是有人買了花嗎？還是……

不，都不是的。哈維忽然驚覺，這味道應該是屬於一個女人的。

是誰？他努力想，他知道是很熟悉的味道，可是到底是誰呢？

轉過頭，哈維的眼光落到了辦公室外。

他恍然大悟了，這股氣息來自於他的女速記員萊思麗小姐啊！

是她的，這美麗優雅的氣味只屬於萊思麗小姐的！

哈維望著她的容顏，那香氣襯托著她，讓她成為全紐約此刻最燦亮的女人。金融世界如此龐大，現在卻突然縮小成一個小光點。萊思麗小姐就在辦公室外，相去不到二十步的距離。

「天啊！我怎麼從來都不曾發現呢？我一定是太忙碌了，竟然從來不知道，有這麼一個美麗的女子在我的公司裡。」哈維告訴自己：

「好！過去我可能因為忙碌而錯過許多事物，但這一次我一定要掌握！我現在就要去萊思麗小姐面前！」

哈維什麼事情都要講求效率的，當然現在也是。他立刻衝出自己的辦公室，往萊思麗小姐的辦公桌衝去。

當他站在速記員面前時，對方顯得驚喜但也感到有些莫名其妙。

「萊思麗小姐，」哈維開口說：

「我只有中午一點空閒時間。我想趕緊告訴妳，我很喜歡妳。妳願意做我的妻子嗎？妳知道的，我很忙，實在沒有時間跟一般人一樣談情說愛，但我確實喜歡妳。請妳快點回答吧，等一下我還要去處理搶購太平洋鐵路的股票。」

速記員睜大了眼睛，不敢相信自己聽到的話。

「你說什麼？你的意思是？」

忙碌的哈維看了看手錶，著急地說：

「妳還不明白嗎？萊思麗小姐，我喜歡妳，我早就想對妳說了，我愛妳。如果妳願意的話，我要向妳求婚，請求妳嫁給我！」

這時候，皮齊爾對哈維喊著，有找他的電話。

「又有人要找我了，妳看。」哈維轉過頭喊著：

「皮齊爾！讓他等一等再打電話來！萊思麗小姐，對不起，打斷了妳。總之，妳願意不願意？」

此時，萊思麗小姐好像很尷尬，她看著公司裡所有的人都在盯著她。她顯得不知所措，愣在原地，不久，淚水竟然從她的眼裡湧出。

她一直哭，哈維以及旁邊的人都被嚇到了，不知是否該上前表示些什麼。

接著，淚水仍沒有停止的她，無奈地笑起來。她又哭又笑的伸出她的雙手，去撫摸著哈維的雙頰，搖著頭說：

「親愛的哈維，你真的是太忙了。做這生意，真是把你給忙到什麼都忘記了呀。所以，你完全忘記了，哈維，昨天晚上八點，在街角的小教堂裡，舉行過我們的婚禮了。」

曼娟私語

哈維是什麼時候把萊思麗忘記的呢？

當他們前一晚在聖壇前許下終身的時候，哈維的眼中、心中應該都被這美麗的女子所充滿；當他們在晨光中起床時，他或許給了新婚妻子一個甜蜜的早安吻；他們坐在桌前吃早餐，他想到以後每天都有人為他煮咖啡、烤麵包，料理培根與煎蛋，真是太幸福了。因為享用早餐耽誤了時間，他們出門時顯得慌亂，一起搭車上班，然而，就在推開證券行大門的那一刻——

哈維的記憶瞬間消失了。

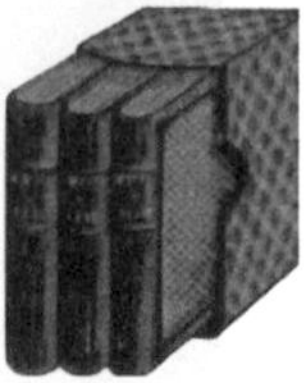

他像一個螺絲釘擠進高速運作的齒輪，不斷旋轉。一點空隙也沒有的忙碌，使他丟失了人性，丟失了自己。

所幸，他是真的愛著萊思麗，哪怕失去記憶，仍然有怦然心動的感覺，忍不住再次向她求婚。

所幸，萊思麗婚後將離職成為家庭主婦，否則，每天上演的求婚戲碼，該多麼令人心力交瘁啊（哈哈）。

想一想 得到更多

A

百年前的證券交易讓人忙亂到丟失了自己，如今的我們在社群媒體中被操控，同樣失去了自主的空間，與他人面對面的情感交流，愈來愈稀少。

社群媒體似乎將人們的距離拉近，事實上，我們感受到的是豐盛還是孤獨？

B

作為一個證券行的速記員，萊思麗不僅擁有美貌，她的工作能力應該也很傑出，然而，百年前的職業婦女在結婚之後，毫無異議地辭去工作，成為家庭主婦。

百年後的現代女性，應該做出怎樣的選擇呢？

七月忘憂草旅館

O. Henry

有一棟隱藏在百老匯內的老旅館，隨著時間，逐漸被人們所遺忘。

正因為如此，這個旅館成為整座城市裡，最適合夏季避暑，遠離喧囂的好去處。

旅館的樓很高，屋外的橡樹蔭涼著每個房間，不時吹拂而來的涼風，有著親切的家常味道，寬敞而幽靜，就連空氣都帶著清新的甜味。

往往只有行家們，才能憑著直覺找到此地。

老客人們緣著精緻的扶梯自在的走動，大廳裡往來的身影輕巧而優雅，大家似乎有默契的，維持著此地的靜謐，所以，只要輕輕按鈴，就有專人來為你服務，不需要提高聲量喚來服務生。

正午，廚房裡鮮美的鱒魚已準備出場，每一道海鮮都是世間少有的爽口滋味，就像躍進清澈湖水一般暢然。來自緬因州的鹿肉鮮嫩無比，再怎麼鐵石心腸的人，都會被肉質的柔軟所融化。

盛夏的曼哈頓沙漠，還好有這一座綠洲。許多老客人總這麼慶幸著。七月，富有的客人零落的坐在餐廳裡，不以言語，而以眼神相互寒暄交流，他們享受著彼此的距離感，以及幽微燈光所帶來的安適。

侍者隱身於各個角落，盡可能不打擾客人，但是他們的視線卻精準的捕捉著每個人的需求，憑著職業的敏感，總能在客人未表示之前，便將他們需要的東西端到面前。

儘管旅館外的溫度不斷攀升，但室內總保持在四月般的宜人溫度，大廳天花板漆成水藍色調，遼闊的夏日晴空彷彿就在頭頂上。終日，淙淙的瀑布聲迴盪在旅館內，掩蓋了外面世界的嘈雜。在這城市裡最深的洞穴，任何陌生的腳步都會驚起客人們的焦慮，他們豎起耳

朵聽著，害怕此刻的安靜受到絲毫的破壞。

這些避暑客人當中，有一位包曼夫人，在上個禮拜住進了這家「忘憂草旅館」。

她渾身學者風範的氣質，帶著甜美的微笑，以及從容溫暖的談吐，從第一天開始，就緊緊牽引著旅館工作人員的目光。

服務生們總豎起耳朵，期待這位包曼夫人按下服務鈴，如此一來他們便可以用最快的速度衝到她房裡，親近著她，並且專注地聆聽她那宛如賞賜的吩咐。

他們真心的喜歡她。

如果不是因為這間旅館不屬於他們，否則，這些工作人員十分願意，為了讓包曼夫人擁有一整棟旅館的寧靜，而婉拒其他客人入住。

包曼夫人很少離開房間，只有在用餐時才會出現。這種神祕而嫻靜的習慣，更加符合旅館裡那些，以她保護者自居的工作人員的幻想與期待。

因為，這棟旅館裡有一個不成文的習俗，如果你想要在此受到最熱情周到的款待，就必須放棄外面世界五光十色的生活。你可以接近黃昏時，在旅館附近隨意散步，或許是在炎日之下，坐在蔭涼的角落歇息沉思……如同鱒魚隱潛於清澈池水的最深處，那樣的怡然自在。

早餐時，包曼獨自一人坐在微暗的室內，像一朵茉莉，在涼冷的空氣裡優雅綻放，享受著皇后般的禮遇。

總是在午餐時間，她會穿著一襲輕柔美麗的長袍，從樓上緩緩走下，宛如從高山傾瀉而下的瀑布，騰起陣陣水氣白霧。

蕾絲邊的裙襬綴上淡粉色的薔薇，也隨著她的腳步流動。

旅館領班第一次看到她穿著這件長袍時，驚歎得說不出一句話，幾乎忘了手邊的工作。

自從包曼夫人住進這裡後，旅館裡傳遞著一則關於她的流言，說包曼夫人其實是位社交名媛，終年在國際間遊走，靠著高明的手腕，化解了許多國家的緊張政局。

他們對於包曼夫人流傳中的神祕身世，深信不疑。

就在包曼夫人住進旅館的第三天，有位年輕企業家也住進旅館，成為這裡的一分子。他考究的穿著品味，灑脫卻又不失莊重的氣質，在在透露著這個年輕人必定有一個教養良好的高貴家世。

他的出現，完全符合「忘憂草」對客人的期待。

年輕企業家先交代櫃檯，自己會在此地停留三、四天，然後詢問起歐洲客輪的航班時間，當一切都妥當處理後，他便上樓到房間休息。

他在旅館登記的名字是海洛德．費林頓。通常，用餐時間都能看到他，在安靜寬敞的餐廳裡，愉快地與其他富有的房客輕聲交談。

偶爾傳來爽朗的笑聲，是那些富有的房客，對他博聞與幽默的讚賞。

這天，費林頓先生從外頭進來，走進餐廳，略為休息後點了一杯清淡的飲料，以冰鎮剛剛從百老匯街道帶回的炎熱。

七月的夏日，是如此浮躁。

午餐過後，費林頓先生從座位離開，經過一位正在清理餐桌的服務員，無意間，發現他腳邊遺落了一條茶花手帕。

就在費林頓先生彎腰撿起時，包曼夫人正好也走到這個位子。

「啊！原來是掉在這裡，真謝謝你。」包曼夫人愉悅地說。

「這手帕很適合妳。」費林頓先生將手帕還給她，真心稱讚著。

「你也住在這裡嗎？」她客氣地詢問。

「昨天剛到。這裡的確是個好地方。」費林頓先生回答她。

包曼夫人聽到他這麼說，也點頭表示贊同。

或許是因為兩人都有引人注目的氣質，也可能是彼此都對於這個旅館的閑靜氛圍，有著共同的喜愛，漸漸的，他們從不期而遇的幾次客套問候，轉而成為自然貼心的交談。

他們總是相偕散步，然後在旅館走廊盡頭的陽台，停了下來。

夕陽暈染了整條走道，透著檸檬黃的色澤。

「我想不透，為什麼那麼多人總愛往人潮裡走去？即使是到山上或者海邊，都選擇人多的地方，看起來像遠離喧囂，其實是投入另一種鬧區。」包曼夫人被日光染紅了臉，微笑著說：「我覺得像此刻這樣，只是靜靜的坐著而不受干擾，就夠了。」

「是啊！即使是在海上，周圍也充滿人群。碼頭上渡船充斥，豪華客輪愈來愈少，幸好，我們現在雖然身處於鬧區，卻擁有與世隔絕的時光。」費林頓先生略帶感嘆。

包曼夫人聽了，笑著嘆了一口氣：「希望我們此時的安靜，可以就這麼一直維持下去。我無法想像，如果『忘憂草旅館』突然湧入大批人潮，那還有什麼地方可去呢？」她忽然想起什麼：「除非……」

「我想起來了，有一個地方，也很適合安靜的夏日避暑，就是烏拉山上的公爵城堡。」

「聽說，德國的巴登巴登，以及法國的坎內這兩個城市，夏天，所有居民都到外頭渡假了，市區裡幾乎成了空城，平日清靜的郊區，反而人滿為患，人們根本無法享受到休假的樂趣。」費林頓托著下巴，斜靠著牆若有所思：「也許，有許多人像我們一樣，尋找出人們逐漸遺忘的地方，作為私密的避暑聖地。」

他們聊著，更確定了彼此的心性是如此近似的。

天色逐漸暗了下去，而兩人站在陽台上，仍有聊不完的話。

「下個星期一，我就要結束在此地的假期，然後搭客輪離開。」包曼夫人的言語中，有著不捨。

費林頓先生聽了，也流露出遺憾的神情：「是啊，我也必須在星期一離開。」

包曼夫人聳聳肩，她圓潤的肩膀傳遞著一股無奈：「我實在不想離開這裡，但是，總不能在這裡住一輩子。現在，城堡裡上上下下，都為了迎接我而準備了一個月。還有，接下來一場場的宴會，家庭聚會，以及『工作』……，但是，我會一直記得在『忘憂草』所度過的迷人時光。」

「我也是。」費林頓先生說完這句話，便停了下來。

「妳知道嗎？我竟然對於要接妳回家的船，產生了一點恨意。」這句話從費林頓先生的口中說出時，仍是一派優雅，完全沒有輕佻之感。

包曼夫人沉默不語，只是低頭微笑著。

星期天晚上，他們挑選了靠近陽台的小桌子，侍者送來了冰淇淋與紅葡萄酒，包曼夫人依舊那一襲長袍，只是她看起來有些心神不寧。

吃了幾口冰淇淋後，她停住了，伸手握住放在桌邊，綴著蕾絲的小皮包。慢慢的，她打開皮包，拿出一張一元紙鈔，展露出所有人都為之傾倒的迷人笑容，對費林頓先生說：「我想告訴你一件事。」

包曼夫人突如其來的一句話，讓費林頓先生抬起頭，專注的聽著。

「你是個好人，我想了很久，覺得在我離開此地之前，應該讓你知道所有事情的真相……我的假期在明天早上八點結束，明天，早餐過後我就必須回去工作……然而，我只是一個在凱薩男飾用品店工作的收銀員，而這張一元紙鈔，是我在下次領到八元週薪前，僅有的錢。為了這次的假期，我努力的存了一年的錢，希望有幾天的時間，能過過富家小姐的生活，有專人為我服務，只要拉個鈴，就會有人送上我想要的東西。而且，我還可以隨心所欲的起床，就這幾天，我不用再勉強自己，早上七點一定得從溫暖的被窩裡爬出來，趕著去工作。」她說。

四周總不時有人投以欣賞的目光，看著她，但他們絕對猜想不到，包曼夫人剛剛說了什麼話。

費林頓先生認真聽著，不發一語。

「我終於嚐到夢寐以求的滋味，這幾天，是我一生所企求的幸福時光，我覺得很滿足，而這些記憶，都將被我帶回未來一年的工作與生活中，在我簡陋的臥室裡，靜靜回味，並且等待下一個年度，美好假期的到來。費林頓先生……」

包曼夫人遲疑了一下：「我之所以要告訴你這些，是因為，我好像覺得你有點喜歡我，而我……也是如此。我不想欺騙你，但是這一切，實在太像童話故事裡的奇遇，我捨不得讓這場夢醒來得太快，因此，先前我所提到關於歐洲、城堡、宴會……這些事情，都是為了要讓你覺得，我的確是個名門淑女。而事實是，我身上這件衣服，是我僅有的一件正式的禮服，只不過，是我從O&L分期付款買的，總價七十五元，我先付了十元訂金，以後每星期再繳一元，直到付清。所以，我手上這張紙鈔，就是準備明天付款的。還有，你可以叫我瑪咪，這才是我的真名。」

費林頓先生聽完了眼前這位女士的告白後，神情從詫異轉為一臉感動。或許是因為，這位全「忘憂草旅館」都為之著迷的女客人，在此時竟對著他，說出自己的私密身世，以及對他的好感。

他從外套口袋裡掏出一本簿子，在空白處填了些字，撕下來後遞給她，然後取走了她手中的一元紙鈔。

「我剛剛給妳的，是一張收到一元付款的收據，我在O&L服飾店擔任收款員已有三年，很有趣的，是妳和我對於渡假都有共同的想法，我一直希望能有機會在豪華旅館裡住上幾晚，所以，我每週從薪水裡省下一些錢，如今和妳一樣，我也嚐到了這滋味了。」費林頓先生態度十分誠懇：「包曼夫人，喔！不，瑪咪小姐……如果可以，下星期，妳願意和我搭船到康尼島渡個週末嗎？」

聽了費林頓先生一番話，她不安的臉龐再度出現明亮的笑容：「費林頓先生，謝謝你的邀請，你知道，我一定會去的。我想，雖然我們此刻都鍾愛安靜的豪華旅館，但我相信，那個地方一定別有一番味道。」

餐廳裡的客人大多已經離去，而侍者仍舊站在原地，視線不停的落在包曼夫人與費林頓先生身上，唯恐錯過了為他們服務的榮耀；陽台下的街道，人潮和著熱氣，車聲鼎沸，依然是個喧擾的夏日夜晚。

只有在「忘憂草」裡，夏日的溽熱從來沒有機會侵擾。

沒有人知道，就在這一張小桌子前，剛剛已進行過一場坦誠的剖白。

費林頓先生站在電梯旁準備回房，而包曼夫人此時走向大廳也準備離去，就在兩人即將離開「忘憂草」，投身向門外喧鬧的世界的前夕，費林頓先生忽然想起還有些話沒說，於是又走回她面前：「忘了海洛德．費林頓這個名字，叫我麥克，但有更多朋友暱稱我『吉米』。」包曼夫人微笑著，用她一貫的溫柔說：「晚安，吉米。」

曼娟私語

包曼夫人和費林頓先生，真是旗鼓相當的靈魂伴侶啊，我忍不住這樣讚歎著。

他們都是生活並不寬裕的普通人，卻都懷抱著進入上流社會的夢想，於是偽裝了身分，獲取享受與尊敬。可是為什麼不會讓人覺得反感，覺得被欺騙？反而由衷升起一點欽佩呢？

我想，首先是因為，他們在「忘憂草旅館」中得到的款待，都是自己付出代價換取的，並不是不勞而獲。為了這幾天的夢幻生活，他們如此努力的投入工作，又省吃儉用的積攢了許久，可

以說是自食其力。至於他們倆優雅貴族的氣質，絕不是演技，而是發自內在的修練。雖然在平凡庸俗的生活中，卻不放棄追求靈魂的提升，才能在置身於真正的貴族中，依然備受矚目，引起眾人的讚譽和喜愛。

當他們願意向彼此坦露真實的身分，不只是因為愛的緣故，也是對於自我的肯定與信心。我不是別人，我只是我，依然值得珍愛。

晚安，瑪咪。晚安，吉米。做個好夢吧。

想一想 得到更多

A

瑪咪和吉米還有一個共同點，他們都是為了追求夢想而冒險的人。愈是特別的夢想，愈需要足夠的勇氣去冒險，你願意為自己的夢想冒險嗎？什麼樣的風險是你願意承擔的？

B

許多人喜歡往人潮洶湧的熱門景點去湊熱鬧；瑪咪和吉米卻喜歡在清靜的地方，享受著「與世隔絕」的靜謐時光。

如果要渡假，你會偏愛哪一種風格？

麵包的祕密

這是一間看起來很有質感的麵包鋪子，裝潢得很溫馨。顧客進門時，會先經過店面門口的三級石階，一推開門，掛在門緣邊的鈴鐺就會匡啷作響。

今年芳齡四十的瑪莎小姐，是這間店面的老闆娘。

她是個心思細密，溫柔多情的女人。跟同輩的女人，尤其是結過婚的中年婦女相比，瑪莎實在是很與眾不同的。雖然在麵包店裡日復一日的工作，有時不免顯得單調，但是瑪莎總是很耐得住性子，從來來往往買麵包的顧客裡，發掘出一些生活上的小樂趣。

近來幾個星期，有一個中年男子就特別吸引了瑪莎的注意。

他每個星期都會光顧三次，每次總在固定的時間裡出現。他很有氣質，戴著眼鏡，留著修剪得很整齊的棕色鬍子，開口說話就流露出濃濃的德國腔英語。雖然，他穿的衣服上有些地方是磨破了縫補的，再不然就是皺成一團，不過，總的來說，他看來仍令人十分舒服，而且很有禮貌。

他老是會買兩個隔夜麵包。新鮮的麵包一個五分錢，但同樣的價錢卻可以買兩個隔夜麵包。除了隔夜麵包以外，他從沒有買過其他東西。

瑪莎每天看著他來又目送他走，對他產生了興趣。她常在心裡想，這個男人，實際上到底是不是如同他的外表呢？他從事什麼職業呢？

有一天，瑪莎看見他的手指上出現一塊紅褐色的污漬，她立刻直覺地認為這個男人肯定是個藝術家。當然，絕對是貧窮的那一種。瑪莎猜想，他應該是住在閣樓裡吧，在那裡作畫，沒錢吃大餐，就只好啃啃隔夜麵包。每次來麵包店裡呆瞪著其他新鮮好吃的麵包，最後卻僅能選擇便宜貨。

瑪莎常在吃起牛排、麵包捲加果醬，以及喝起紅茶的時候，想到這個男人。想著想著，她竟會不自覺地嘆起氣來：

「要是那個斯文的藝術家可以跟我一起分享這些美食，不必待在閣樓裡啃硬麵包就好了。」

因為常常都只停留在想的階段，瑪莎有時候不免也開始覺得沒有安全感。比方說，她最近就開始懷疑，她猜測男人是個藝術家，到底對不對呢？為了證實自己的推測，她決定付諸行動。

她把以前買來的一幅畫給找了出來，擺在櫃檯後面的牆壁上。這是一幅威尼斯的風景畫。有一座壯麗的大理石宮殿，前面是一片水景。幾艘小平底船在河道裡，而天空上則掛著幾絲雲彩。明暗烘托的筆觸，相信任何一個藝術家都不可能不注意到的。

瑪莎的目的，就是要測試那個男人是否真的具備藝術家的眼光。

兩天以後，那個男人出現了。

「麻煩您，兩個隔夜麵包。」

他一如往常，客氣地對瑪莎說。

瑪莎拿麵包的時候，心思其實還停留在男人的身上。她想知道，男人究

竟會不會注意到櫃檯後的那幅畫。

沒想到，他果然開口了。

「小姐，妳這幅畫很不錯。整個筆觸呈現出一種新風格。」

他終於注意到了，瑪莎彷彿鬆了一口氣似的。他果然是個藝術家吧，還能夠說出這麼專業的評斷。好厲害喲！她甜甜地微笑起來。

「是嗎？」瑪莎高興地回應，忍不住繼續說：

「我最喜歡藝術和……」

她差點要說出「藝術家」了，好險她及時打住，要不然不是太難為情了嗎？她趕緊轉彎說：「……和繪畫。」

「你真的覺得這畫還不賴嗎？」瑪莎問。

「嗯。不過如果宮殿再加強一點，透視法用得真實一點會更好。」

瑪莎將麵包交給男人以後，男人便道謝離開了。

男人走了以後，瑪莎把那幅畫給取下來，因為，她已經可以判定那男人一定是個藝術家了。

瑪莎開始陶醉地回想，男人眼鏡後所散發的目光可真是溫柔啊！而且，他的額頭長得很好，寬闊有型。最重要的是他那麼專業，居然一眼就可以判斷透視法的好壞。可惜，這麼有才華的人，卻只能靠隔夜麵包充飢果腹。不過話說回來，所有天才在成名以前，都必須這樣奮鬥的吧。

瑪莎甚至想，假如這個天才能有足夠的銀行存款（瑪莎在心裡對自己說，他也可以用我現有的銀行存款），然後擁有個固定收入的店面（像我這樣的麵包店最合適他了吧？），以及一顆溫柔多情的心（配上我的熱情恰恰好），那麼，男人的藝術成就肯定更能發揮得淋漓盡致。

漸漸的，自從那幅畫打開了話匣子之後，男人來買麵包時，他們開始會隔著櫃檯小聊一會兒。雖然沒談什麼重要的事，卻都是美好的經驗。

瑪莎感覺男人似乎也很渴望跟她聊天。後來，在男人沒有出現的時候，瑪莎就會開始準備明天要跟他聊些什麼話題。她開始更注重自己的穿著打扮，只要男人那一天會來，她就會穿起自己最滿意的那件藍絲綢背心。她甚至還熬起美容湯汁，覺得自己除了多情，外表也應該更美麗，才能與藝術家匹配。

一段日子過去了，一直觀察男人的瑪莎感覺到他彷彿愈來愈瘦了。他還是一直買隔夜麵包，從沒買過店裡其他可口的甜點。

瑪莎很想送他幾塊新鮮的蛋糕或麵包，但又覺得這麼做，似乎會很傷一個男人的自尊心，況且他一定還有著藝術家的骨氣，所以，她只好打消念頭。該用什麼方法可以讓他多吃一點、吃好一點呢？

這個問題成為了瑪莎生活上的重心。

有一天，男人來買麵包時，忽然有一輛救火車嗡嗡經過，停在對街轉角。

他原本站在櫃檯前面的，此刻好奇地跑到店門口張望情況。

就在這個時候，瑪莎忽然靈機一動。她拿起麵包刀，從櫃檯後面最低的一層架子裡，挖來兩坨新鮮的奶油，很快地塞進男人準備購買的麵包裡。

等到男人回過頭來時，瑪莎已經把兩塊麵包用紙袋給包起來了。

他們愉快地聊了幾句以後，男人便離開了麵包店。

可是，瑪莎卻在他走了之後，開始擔心起來。她開始懷疑，自己那麼做是對的嗎？畢竟太大膽了些吧。他會不會不開心呢？

最後，瑪莎的結論是，男人會喜歡她的巧思的。

一定會的。她不斷地說服自己相信。

想想看，當他在閣樓裡作畫，肚子餓到不行，準備再吃起隔夜麵包時，卻在咬下的那一刻發現，竟然有如此香濃的奶油溢出嘴角，絕對是一件很棒、很享受的事情吧！啊！天啊，真的是太棒了。瑪莎想到這裡，臉頰竟然泛起一陣緋紅。她看著自己的雙手，又幻想男人大概也會想到這雙把奶油塞進麵包的手吧。沒過多久，掛在門上的鈴鐺響起來。

有兩個人喧喧嚷嚷地走進來。

瑪莎一看，其中一個男人是叼著菸斗的年輕人，而另外一個竟然就是她暗暗崇拜喜歡的藝術家。她很緊張，她不敢相信一天之內可以見到他兩次。不過，她對藝術家的情緒還沒有得到足夠的平復時，藝術家身旁的那個男人就氣沖沖地走向瑪莎面前。他漲紅了臉，握起拳頭，然後又狠狠地抓住瑪莎。他氣憤地猛力搖晃瑪莎，把瑪莎晃得頭都暈了。

「妳這個女人！妳這笨女人！天殺的！」

那男人根本失去了理智。瑪莎心中的藝術家見狀，努力想將他拉開。

「別這樣。算了！我們走吧！」

「我不走！我非跟她算清楚這筆帳！」叼著菸斗的男人，兩隻眼睛簡直要噴出火來了，推開了藝術家的手。他轉身向瑪莎說：

「我告訴妳，妳把我害慘啦！」

瑪莎虛弱地倒在貨架上，不知道到底發生了什麼事。

那個瑪莎心目中的藝術家費了一番氣力，才終於把那個暴跳如雷的男人給架出門外。他將他帶到門外以後，自己又走進來。

瑪莎吃力地站起來，仍然感覺昏頭轉向。她看著他走過來，覺得自己很狼狽，再無法在他的面前保持美麗優雅的樣子了。

「小姐，」男人開口說：「我想我應該跟妳解釋清楚。首先，我要代剛剛那個男人向妳道歉。那個男人是個建築設計師，我在他的工作室裡替他工作。常常，我都會替他來妳這裡買隔夜麵包。因為，設計師都知道，用隔夜麵包來擦拭掉草圖的鉛筆稿，效果比橡皮擦來得好。」

瑪莎不發一語地聽著，臉上沒有表情。男人則繼續說：

「可是，今天，嗯，我不知道為什麼，麵包裡竟然出現幾塊奶油。他的設計稿一擦，當場全變成了廢紙，現在大概只能用來包三明治了吧。」

男人說完，搖搖頭嘆口氣，沒有再理會瑪莎就推門離開了。

瑪莎仍佇立在原地，過了很久才回神。

她默然地走進廚房，脫下那件藍絲綢背心。

轉身看見爐台上還烹調著那鍋美容湯汁時，她顯得有些不知所措，甚至是覺得有些困窘的。

最後，她把那鍋湯汁拿起來，推開窗，全倒在了窗外的草坪上。

不一會兒，那些倒在草地上的湯汁就被土壤吸乾了，像是從來就沒有發生過這件事情一樣。

曼娟私語

這真是個令人憂傷的故事啊。

不知是哪位藝術家說過：「熱情是愚蠢的。」我們一面為麵包店老闆瑪莎感到惋惜，一面忍不住想起自己因為熱情而做過的蠢事。不僅沒有得到回報，還遭到嘲諷或訕笑。

其實，瑪莎做的事並沒有錯。不管是對一個落魄藝術家的同情，想要給予幫助；或是因為對他心動，而想得到他的注意與好感，都沒有錯。她也是相當謹慎的，用一幅畫「確認」了對方的藝術家身分，證實了自己的假設。又因為擔心光明正大的給予幫

助，會傷了男人的自尊，只好私底下低調進行，期待男人會因此而感到溫暖和驚喜。

萬萬沒有想到，這一切竟因為一塊奶油而破局。當瑪莎傾倒那鍋美容湯時，該有多麼難堪和失望啊？

原來，除了謹慎和熱情，還有不可測的因素，那就是命運。被命運狠狠絆倒，摔了一跤的瑪莎，只能當作什麼事都沒發生過，這也許是最好的自處方式吧。

想一想
得到更多

A

當你喜歡一個人，而不確定對方的心意，你會光明正大的告白？還是旁敲側擊的暗示？你覺得兩種方式各有什麼利弊？哪一種更適合你？

B

不管自己做了多少準備，不管自己多麼步步為營，但失敗是隨時可能發生的。當意料之外的失敗來臨時，你會如何應變？

改邪歸正

當警衛走進監獄製鞋工廠時，吉米正忙著縫製鞋子。

「9762！到典獄長室！」

吉米緩緩站了起來，跟著警衛走進前樓的辦公室。長長的迴廊響著兩個人的腳步聲，單調而堅硬，和獄中的日子一般無趣。吉米被判刑四年，目前已服刑十個月，對他這樣習慣花天酒地的人來說，要在獄中安分度日，簡直比殺頭更令他難過。

「9762，這是今天早上州長簽署的假釋令。」典獄長拿了一紙文件到吉米面前。「恭喜你，明天就可以出獄了。」

吉米接過文件的手微微顫抖，臉上卻看不出一點喜悅或是失落。他除了善於打開別人的保險箱，也善於掩飾自己的心情；9762，就是這樣一只情緒保險箱，用無辜與不在乎來偽裝真實。

「你明天早上就可以出獄了，出去以後要好好振作，重新做人。其實你本性並不壞，不要再碰保險箱了，老老實實的過日子吧。」典獄長說。

「你說的是我嗎？我這輩子可沒做過什麼非法勾當呀。」吉米驚訝地說。

「哦？沒有嗎？」典獄長笑了起來。「那你怎麼會進到這個監獄？」

「我？」吉米再度露出無辜的表情說：「我有進過監獄嗎？」

「9762，不要再演戲了。」典獄長對吉米說：「明天就要離開這裡了，你今天晚上好好想想，出去之後要做什麼吧。」

次日陽光初初亮起的早晨，吉米身穿政府送他出獄的賀禮，一套質料差勁的成衣及一雙嘎嘎作響的硬鞋子，走出監獄大門。獄裡的職員將一張鐵路車票及五元交給他，表示政府嘉許他重新做人。典獄長還請他抽了一支雪茄，握手道別。

「9762，希望我們不要再見面了。」

吉米對他笑一笑，昂首闊步迎向朝陽。

滿懷興奮及輕鬆的心情，吉米無暇顧及樹上鳥兒高唱，綠樹搖曳生姿及遍野花香，他直奔一家餐廳。在那裡，他嘗到睽違已久的自由。他享受了一隻烤全雞，餐後還抽了一支雪茄，那雪茄的滋味，比典獄長請他的好上幾十倍。從餐廳出來之後，吉米悠哉地走向火車站，還丟了一枚兩毛五的銀幣給一個坐在門旁、捧著帽子行乞的盲人，然後坐上火車。三個小時之後，火車把他帶到州界的一處小鎮，他走進麥克經營的小酒館，熱烈地跟麥克握手寒暄。

「對不起，吉米老弟，我們想盡辦法要把你弄出來，就是搞不定。」麥克說：「幸好你還是出來了，一切都好嗎？」

「很好。」吉米說：「我的鑰匙在嗎？」

他拿了鑰匙，上樓打開靠後面的一間房。吉米是在這裡被捕的，如今一

093——— 改邪歸正

切的擺設都沒有更動，地板上還遺留著布萊斯警探逮捕他時被扯下的扣子。

吉米從牆邊拉下一張摺疊床，然後輕輕推開牆上的暗板，取出一只布滿灰塵的手提箱。打開箱子，吉米看著這套世界首屈一指的行竊工具。這一套工具是由特殊的鋼製成，有最新設計的鑽子、打孔器、曲柄鑽孔器、組合式鐵橇、鋸子、螺絲鑽等等。其中兩三件還是吉米自己精心設計、引以為傲的。

半個小時之後，吉米下樓，穿過這間酒館。他身穿一套雅致合身的衣服，手提那只擦乾淨的箱子。

「怎麼樣？要到哪裡再幹一票？」麥克側著臉，問話的表情詭譎而陰森。

「什麼？」吉米依舊是一副困惑的口吻。「你說什麼我聽不懂，我現在的身分是紐約糕餅及糧食聯合供應中心的業務代表。」

麥克明白吉米的偽裝術，他主動為吉米倒了一杯牛奶蘇打，因為吉米是滴酒不沾的。

就在9762被釋放後的一星期，印地安納州里奇蒙發生一起手法乾淨俐落的竊案，失竊金額不足八百元，但現場沒有留下任何線索。再過兩個星期，羅根斯波有一個新式防盜保險箱被輕易破壞了，除了失竊一千伍百元外，證券及銀器都沒有損失。這兩樁離奇的竊案立刻成為警方偵辦的重點。但，接著在傑佛遜一家老銀行的保險箱也被破壞，損失伍千元現款。

這接二連三的事件引起布萊斯警探的注意，經過一連串分析、比較，他發現這幾件竊盜的手法相當相似，應是同一人所為。再經過現場搜證後，他宣布：「這是吉米一貫的手法，他是箇中好手。看看這些把手被輕易扭轉，看看這鑽孔多整齊，只有吉米有這樣的本領。你們看著好了，要不了多久，他就會再犯下另一個案件。我得快點逮住他，這回可不能有什麼減刑或赦免的事，我一定要他在監獄裡把刑期蹲滿。」

布萊斯警探就是那個把吉米送進監獄的人，他了解吉米的個性：手腳俐落乾淨，並且總能從容逃逸，作案時沒有共犯，更重要的是他經常以上流社會人士的身分，成功地掩飾真實的騙徒身分。

由於布萊斯掌握吉米行蹤的消息被傳了開來，使得那些擁有保險箱的人都鬆了一口氣。

某天下午，吉米提著手提箱出現在阿肯色州的艾爾蒙小鎮。他看起來像一位回家渡假的大學生，緩緩走在紅磚道上。此時，一位年輕小姐穿過街道，在轉角處經過他身邊；她的臉龐閃著青春的光芒，溫柔笑意在唇邊輕輕地盪漾。吉米傻怔怔地看著她，幾乎忘了自己是誰，平日的機警也不復得見。女孩不好意思地垂下頭，滿面羞紅，因為在這小鎮上很難見到像吉米這樣體面又溫文儒雅的青年。

女孩進入一棟招牌上寫著「艾爾蒙銀行」的建築物，吉米也停在銀行前面。他向一個剛從銀行裡走出來的男人詢問這小鎮的一切；過了一會兒，年輕小姐走出銀行，再看了一眼這名帶著手提箱的陌生人，然後低頭走開。

「剛剛那位是辛普森小姐嗎？」吉米以老練的口吻探問。

「不，不是，她是安娜小姐，就是這家銀行董事長的女兒。」男人回答。

就是這樣一陣突如其來的愛情之火和一個閃亮的名字，讓吉米有了一個脫胎換骨的決定。

吉米以羅夫的名字住進一家旅館，他告訴櫃檯的職員他是到艾爾蒙來找一處合適開業做生意的地點。他還問職員鎮上的鞋店生意怎麼樣？他想在這裡經營鞋子生意。

從職員口中，羅夫知道了在這裡做鞋子的生意大有可為，因為到目前為止這裡還沒有一家較具規模的鞋店，職員還告訴羅夫，這裡氣候宜人，居民也非常和藹可親，絕對是個做生意的好地方。

於是，吉米這個名字成了灰燼，羅夫從灰燼中站了起來，在艾爾蒙小鎮安頓下來，開設了一家鞋類專賣店；同時，他也成了此地社交名人，很快就認識很多朋友，藉此完成自己的心願——結識安娜小姐。

一年後，羅夫已經是小鎮上人人敬重的紳士，鞋店生意也欣欣向榮，最幸運的是即將在兩星期之後與心愛的安娜小姐訂婚。他的岳父亞當斯是一個典型的、誠懇的鄉下財主，不但器重羅夫，還把羅夫視為家中一分子。

某一天，他坐在房間寫信給一個老朋友：

親愛的老伙伴：

我希望你下星期三晚上九點可以到小岩鎮蘇利文那裡去，我想請你幫我處理一些小事。同時，我想把我那套工具送給你，我知道你一定樂於接受的。嘿，比利，我在一年前已經洗手不幹了，目前，我擁有一家生意不錯的店，正當做人，最令我高興的是，兩星期後，我將同世界上最好的姑娘結婚。這才是生活，比利，心安理得的生活。現在即使給我一百萬，我也不會去碰人家的一塊錢了。結婚之後，我打算把生意結束，到西部發展；在那裡沒有人知道我的過去，我也不必再提心吊膽、躲躲藏藏。比利，她就是我夢中的天使，她那樣地相信我，我怎麼也不會再重操舊業了。請你一定要到蘇利文家裡，我必須見你一面，把工具給你。

老伙伴　吉米

羅夫寄出這封信的下個星期一，布萊斯警探悄悄來到艾爾蒙鎮，他偽裝成遊客在街上閒逛打聽，當他看見羅夫走進銀行時，驚訝的自言自語：「這真的是吉米嗎？」

這個羅夫看起來太正派了，小鎮居民對他有著極高的評價，怎麼也看不出任何破綻來證明他就是吉米。

第二天早晨，亞當斯先生帶著羅夫、安娜和安娜已婚的姊姊以及兩個孩子梅和阿加達，浩浩蕩蕩到了銀行。羅夫準備跟銀行的人打聲招呼，然後前往小岩鎮訂製結婚時穿的禮服，並且替安娜買些好看的飾品。這是自他到艾爾蒙以來第一次離鎮，他想，警方應該不會再注意到他了。

他們一行人進入銀行辦公室。銀行職員對這位外表英俊、溫文有禮的董事長未來女婿都熱烈歡迎，稱讚他和安娜是郎才女貌。羅夫把手提箱放下，安娜溫柔地替他戴上帽子，並幫忙提起地上的手提箱。

「羅夫，這箱子好重，裡面是不是裝金塊呀？」

羅夫淡淡回答道：「裡面裝了很多鎳製鞋拔，我把它們隨身攜帶，這樣可以省一筆運費，我們就要結婚了，現在可得精打細算些才行。」

安娜笑得像一朵燦爛的花，她對這個男人真是佩服得五體投地。

艾爾蒙銀行最近裝了一間新的保險庫房，亞當斯先生以此為傲，堅持每個人都要進去看看。這庫房並不大，卻有個新型的專利門，藉一個把手同時控制三道鐵門閂，還有定時裝置。亞當斯得意洋洋地向羅夫解釋它的操作，即使在羅夫眼中，這種裝置並不十分高明，羅夫還是稱讚著這道門。梅和阿加達這兩個小孩則興沖沖地摸閃亮的金屬及好玩的鎖和把手。

當他們都在保險庫房還沒出來時，布萊斯警探則慢慢走進銀行，裝作不經意地往庫房裡看。他告訴櫃檯職員，他不是來存錢或借錢，只是在等一個朋友。

突然，庫房裡傳出女人的驚叫，接著，是一陣慌亂的騷動。九歲的梅發現六歲的妹妹阿加達不見了，接著又在庫房裡聽到阿加達的哭叫聲，原來她照著亞當斯先生的方法偷偷地關上門閂並扭轉把手進了庫房。

但是，不管亞當斯先生怎麼努力，那道鎖上的門還是紋風不動，阿加達的母親則歇斯底里的哭著。

「好了，先安靜。」亞當斯先生舉起顫抖的手，敲敲保險庫的門。「阿加達，妳聽得到我說話嗎？」

一片寂靜之中，只聽到小孩過度驚嚇而奮力撞擊庫房門的聲音。

小女孩的母親幾乎昏厥。「可憐的小寶貝，她會被嚇死的！天呀，求求你們，求求你們打開這道門，難道你們這些男人連一點辦法也沒有嗎？」

亞當斯先生以顫抖的聲調說：「只有到小岩鎮才能找到會開這門的鎖匠，老天，我們該怎麼辦？裡面的空氣那麼差，再加上驚嚇過度，她一定沒辦法撐很久的。」

阿加達的母親瘋狂地捶打著門，所有的人都束手無策。這時，安娜痛苦地望著羅夫，卻不絕望，在她心中，她心愛的男人是無所不能的。

「羅夫，你願意試試看嗎？或許你能成功。」

羅夫的臉色緊繃，眼裡似乎被什麼痛苦焚燒著。他歷經了相當的掙扎，而後，帶著溫和的微笑注視她。

「安娜，把妳戴的那朵玫瑰胸針給我，好嗎？」她以為自己聽錯了，但還是從衣服上解下玫瑰胸針，交到羅夫手裡。

羅夫先將胸針放進背心口袋，然後脫下外套、捲起袖子，這個動作又使羅夫變回吉米。

他大聲地命令：「大家遠離這道門。」

吉米把手提箱放在桌上，打開。他彷彿無視於他人的存在，一心只想救人。吉米從箱子裡取出一些閃閃亮亮、不常見的工具，小聲告訴自己，要有信心，過去可是這方面的行家。而所有人也都屏住氣息，著魔似直視著他。

一分鐘後，吉米的特製鑽子就插進了鐵門，十分鐘後，門就被打開了，打破他行竊最短時間打開保險庫的紀錄。門一開，阿加達滿面淚痕，倉皇失錯地奔向母親的懷抱。

吉米穿上外套，跟著大家走出庫房大門。

走出去時，他聽到一聲呼喚：「吉米！」

他心上一愣，卻依然毫不猶豫地往前走。那是一個熟悉的聲音，一個他向來恐懼的聲音；那是一個熟悉的名字，一個他放棄了的名字。但，他只能面不改色的繼續往前走，跟上他的家人，跟上他的未來。

只是，一個大個兒在門前擋住了他的路。

吉米的笑容僵在唇角，他的雙肩垂下，沮喪卻不後悔。

「嗨，布萊斯，到底還是被你找到了，走吧，反正現在跟你走也沒什麼差別。」

布萊斯注視著他，用一種全然不同的目光，意味深長的注視他。

當兩人對峙時，也引起了其他人的注意，安娜從孩子身邊走過來，想知道發生了什麼事。

布萊斯露出一抹笑容，對吉米說：「不好意思，我認錯人了。羅夫先生，你的家人正在等你。」

說完，布萊斯轉過身，慢慢閒逛到街的另一端了……

曼娟私語

改邪歸正的重要關鍵是什麼呢？首先應該是面對自己吧，知道自己做的事是不正確的，才有改正的可能。吉米在監牢裡準備假釋時，吊兒郎當的宣稱自己沒犯過罪，也沒坐過牢，催眠別人，也催眠自己，哪有改過自新的可能？

他出獄之後，繼續犯案，並且以自己技術高超，偷天換日為榮，一次比一次更囂張，直到，他遇見了愛情。這是另一個讓人改頭換面的機會，為了喜愛的人，想成為更好的自己。吉米決定不再重操舊業，他有了新的名字、新的事業、新的人生。一切看

似順遂的幸福，卻出現了新的考驗。

他被迫出手，用神乎其技的能耐開鎖，這一次，他的目的不是偷竊，而是救人。

然而，只要他展現開鎖的特異功能，一切偽裝可能就會失效，所有的幸福也可能不翼而飛。這是人生的賭局，代價很大，為了愛，他還是出手了。

一路窮追不捨的警探，原本發誓要將他繩之以法的，卻在最後關頭鬆手。他要逮捕的是竊賊吉米，而不是為了愛不顧後果救人性命的羅夫。吉米已經不在這個世界上了，警探明白了這件事。

想一想 得到更多

A

遇見愛情之後，吉米真的是改頭換面，重新做人。這樣的轉變，來自很大的力量，不一定是愛情。對你來說，什麼樣的力量，能讓你心甘情願的改變呢？

B

如果你曾對某人的行為感到不以為然，他要怎麼做才能改變你對他的看法？如果有人對你的言行有意見，你會想辦法改變他對你的看法嗎？

打是情罵是愛

O. Henry

瑪琪走進了樓下的梅米家。

在這棟公寓裡，瑪琪和梅米這兩個長年的好朋友與她們的先生，是樓上樓下的好鄰居。

瑪琪一走進來，梅米就一副很驕傲的樣子對她說：

「看！很棒吧？」

她轉過臉，好讓瑪琪能夠看見。梅米的一隻眼睛幾乎要睜不開了，周圍暈著一圈黑紫色的瘀傷。她的嘴破裂了，還微微地流著血，甚至在脖子的兩邊還有兩道清楚的指甲抓痕。

「我想，我先生不會這麼對我的。」瑪琪說。

她很知道自己是有些口是心非的。嘴上雖然這麼說，但心中竟然很羨慕梅米的際遇。

「一個男人，」梅米彷彿看出瑪琪的內心，她繼續說：

「如果一個禮拜不打我一次，我可就不要這種男人了。打老婆才代表一個男人重視她。可是啊，這次賈克實在也打得太『熱情』了，到現在我還感覺頭昏眼花呢。還好，他每次打完我都很寵我，讓我變成全鎮最美最可愛的女人。嗯……讓我猜猜看吧，這次光是這隻瘀青的眼睛，就至少可以兌換一場電影和一件絲質襯衣吧！」

瑪琪聽了，又違背自己的心說道：

「我希望，我先生馬特是個君子，不要這樣對待我。」

「妳少來了，瑪琪！」梅米揭穿她，笑著說：

「妳在忌妒我。是妳的老公太冷淡了，太遲鈍了，所以才不會打妳吧。我看啊，妳老公一定就是那種下了班回到家以後，就只是坐下來，什麼事也不幹，頂多翻翻報紙，這就是他唯一的運動吧。不是嗎？」

「我先生回家以後的確會看報，可是他不會因為高興或不高興就打我。」

梅米忽然發出滿足的笑聲。她一邊說，一邊很自然地將衣領拉下，像是展示一條高級珠寶項鍊似的，露出在她脖子上另一處「寶貴的」瘀傷。這印記是褐紅色的，帶著橄欖色的邊緣——它其實幾乎已經痊癒了，但仍是寶貴的記憶。

這麼多年來的情誼，梅米果然是瞭解瑪琪的。她無法在梅米的面前裝腔作勢了。瑪琪看著梅米，她的眼神從拘謹犀利轉變得好柔和，忍不住散放出崇拜的敬慕眼神。她承認她敗給梅米了。她甚至質疑自己，為什麼不能對自我坦白，坦承她就是希望自己也能擁有梅米的「待遇」呢？

「難道不痛嗎？我的意思是，難道賈克打妳的時候，妳不痛嗎？」

瑪琪好奇地問梅米。

「痛？」梅米發出女高音般的喜悅尖叫：

「妳有沒有被倒塌的磚屋壓在身上的經驗？就是這種感覺啊，妳說說看痛還是不痛。不過，被賈克打這回事，當時雖然痛，但過後，倒是會立刻讓人有種從廢墟裡起死回生的快感。是的，快感。賈克左手一拳就等於兩場電影和一雙新鞋；右手再一拳，嗯，就是到遊樂場玩一趟，還外加六雙襪子吧。」

「可是，他為什麼要打妳呢？」瑪琪問。

「老天，妳真笨！」梅米理所當然地說道：「因為他吃飽了嘛。通常是在星期六晚上。」

「那妳怎麼惹他的呢？」瑪琪打破砂鍋問到底。

「有時候是因為晚飯還沒有準備好，有時候則是因為晚飯準備好了。哎呀，其實說不準的。賈克對打人的原因並不挑剔的。記得有一次，他喝完酒，醉到忘記他已經結婚了，然後就回家修理我。所以每逢星期六來到，我一定記得要把有尖銳稜角的家具給移開，免得妨礙了賈克而且還傷到我的頭。他只要一揮手，我就搖得像八級地震。我有時忍不住在第一回合就喊停，可當我一想到能買些新衣裳時，我就願意接受更多的皮肉之痛。像昨天晚上就是這樣呀，賈克知道我一個月以來都想著那件黑絲罩衫，所以就成全我了。不過我也很有自知之明的，我讓他多打一些，因為我知道只被打傷一隻眼就可以換來那件衣服。瑪琪，我跟妳打賭冰淇淋，他今晚還會再打我。」

瑪琪聽著，陷入沉思，不一會兒，她開口說：

「我的馬特，一生之中從沒打過我一下。如妳所言，梅米，他總是悶悶不樂地回家，不說一句話。他從不帶我去任何地方，在家也是無精打采的。他雖然也會買東西給我，但總是顯得心不甘情不願，所以我從來不喜歡他買的東西。」

梅米輕輕地拍著瑪琪的肩膀，像是一種安慰。她說：

「別難過了。也許妳應該明白，不是每個人都有機會擁有像賈克一樣的丈夫。我沒結婚以前也從不敢妄想的啊。如果所有的男人都像他，就沒有人的婚姻會出狀況了。那些不滿足於婚姻的女人，所需要的都是先生一個星期可以回家踢她們一次，然後用親吻和巧克力或任何禮物來補償。妳知道的，這是一種生活的情趣。我不要那種沒勇氣打老婆的男人。」

梅米愈說瑪琪就愈難過，愈感到自己的不如人了。

就在這個時候，走廊裡傳來了一陣聲音。接著，門打開來，出現的正是賈克。他的手臂上掛著一大堆東西。梅米趕緊跑過去抱住他。梅米那隻沒有受傷的眼睛閃亮著愛的光芒，充滿著希望和喜悅。

「嗨！我的大女孩！」賈克興奮地喊著。

他放下包包，把梅米用力往懷裡一抱。

「我拿到了夜總會的票，還有，那個包裹裡就有著妳最想要的……什麼來的？妳猜猜看？」賈克玩起猜謎遊戲了。

「嗯……你壞死了，還要人家猜。人家猜不到啦。難道，難道是那件我最喜歡的，你最想送我的——黑色絲質罩衫嗎？」梅米嬌聲嬌氣地問。

「喔，老天，我的大女孩太聰明了。賓果！妳，猜對了！」

賈克和梅米兩個人，在瑪琪的面前，簡直像是在演愛情劇一般地投入。

忽然，賈克有意無意地把目光轉向瑪琪：

「嘿，瑪琪，真不好意思，我跟梅米兩個人親熱著，都忘了向妳打聲招呼了。妳先生馬特好嗎？」

「他很好，謝謝。」瑪琪說：「我想我現在應該走了。馬特過不久就要回家吃飯了。梅米，明天我就把妳要的東西帶下來。」

瑪琪走上自己的家裡。她忽然發出一種很奇怪的叫聲。這聲音其實沒什麼意義，只有女人才會明白的。那是一種荒謬的叫聲；是累積悲傷後所發出的，最無常而無望的聲音。她在思考，為什麼馬特從來不打她？馬特跟賈克一樣強壯，都是很有男人味的啊，他怎麼不打她呢？難道他不喜歡她嗎？馬特從來不跟她爭吵，在家裡就是悶悶不樂地走來走去。他很顧家，可是卻太乏味了。

有一刻，她幾乎憎恨梅米，以及她的割傷、瘀傷、那些禮物和她先生給予的親吻安慰。她恨梅米為什麼可以如此幸運。

瑪琪的先生通常在七點鐘下班回家。他滿腦子都想著要回家，因為他不喜歡在外面遊蕩。今天也是一樣的，瑪琪已經在他回家前準備好了晚餐。

「喜歡今天的晚餐嗎？馬特？」

瑪琪問他。她盡力壓抑住自己不滿的情緒。

「嗯，喜歡。」馬特從鼻子裡哼著說。

吃完晚餐，馬特又看起了報紙，完全不理會瑪琪。

第二天是勞動節，馬特和賈克兩家都休假。

這天許多勞工都會計畫出遊，包括了賈克與梅米夫婦。

瑪琪一大早就把梅米要的東西——一個別緻的花飾，拿下去給了她。瑪琪看見梅米穿上新的絲罩衫，彷彿連受傷的眼睛都發出一股歡樂假期的光亮。賈克依照他打完梅米的承諾，還在今天安排了野餐活動。

當瑪琪回到樓上的公寓時，她突然感覺到一股高漲而憤怒的妒忌。

喔，快樂的梅米，美麗的瘀傷和挨揍所換來的快樂！

而她，在一個美麗的勞工假期裡，卻必須這樣無聊地待在家裡，讓時間白白地消逝。

瑪琪忽然在心中有一個想法。她覺得是個挺聰明而驚人的主意。她要讓梅米知道，還有別的丈夫會跟賈克一樣，會使用他們的拳頭揍老婆，並且在事後還能補償妻子，表現出男人溫柔的風範。

所以，她決定，如果她的丈夫不打她，如果他不能證明自己有男子氣概，那麼她就應該催促他去盡責任。

馬特點著菸斗，穿著毛襪，一如往常地在客廳裡看報。

瑪琪在馬特的身後洗衣服。她轉開熱水，讓洗衣板浸泡在水中。從水管裡，她似乎還可以聽見樓下梅米與賈克愉快的笑聲。可這笑聲如今聽在瑪琪的耳中，簡直像是一種炫耀與羞辱。

終於，積壓著憤怒情緒的瑪琪轉過頭來對馬特大發雷霆。

「你這個懶惰的窩囊廢！我為什麼必須洗衣服，為你這樣醜陋的男人辛苦工作，把手折磨爛？你說，你到底是不是一個男人？」

馬特放下手中的報紙，驚訝地看著瑪琪，動也不動。

瑪琪猛然撲向他，揮給他一個結實有力的拳頭。接著，又用另一隻手揮向他的眼睛。就在此時，瑪琪對他感到一種愛的刺激，在心底不斷呼喚著：快呀，站起來呀，馬特！還手吧！

馬特果然感應到了什麼似的，他站起身子。瑪琪緊張極了，她在心中默念著馬特的名字，閉起眼睛，渴求那一刻的降臨。

來吧！快打我吧！打我就是愛我！

同時，樓下的梅米與賈克，聽見樓上傳來了瑪琪的叫喊，然後一陣撞擊聲，又一陣摔倒聲，接著還有各種家具翻倒的聲音。

「馬特和瑪琪在打架？」賈克說：「以前很少這樣的。我們要不要去看看？看看他們是否需要我們幫忙綁紗帶呢？」

梅米聽了以後，那隻沒有腫起來的眼睛忽然像是鑽石般為之一亮。至於，另外一隻眼，至少也有假寶石一樣的明亮。

「喔！」她說，用著一種很女性的溫柔語調：

「我不知道，讓我上去看看吧！」

她興奮地衝上樓去。

當她的腳踏在瑪琪家的走廊時，瑪琪恰好狂野地從家裡奔出。

「喔，親愛的瑪琪，」她忍不住喜悅地叫出來：

「他打了嗎？他打妳了嗎？」

瑪琪倒在梅米的肩膀上，無助地哭起來。梅米捧起瑪琪的臉，布滿著淚痕，一陣紅一陣白，但怎麼都見不著有馬特揍她的抓痕與瘀傷。

「怎麼回事啊，瑪琪？讓我進去看看怎麼回事。他到底有沒有如妳所願地打妳呢？他現在怎麼了？」梅米好奇地問。

瑪琪抬起頭來看了梅米一眼，失望地垂倒在梅米的胸上。

「不！求求妳不要！」她難過地啜泣著說：

「不要打開門！而且拜託妳不要告訴別人，他，他連我的手指頭都沒碰一下，一直沒有碰我。而且……他……我的老天！他正在洗衣服，他正在洗衣服啊！」

曼娟私語

我知道這樣不應該，但是不好意思，我真的笑了。我甚至可以想像，認真鋪陳故事情節的奧·亨利，完成結尾時，不可遏止的哈哈大笑，笑到連肚皮都抖動起來了。

他描寫了一個家暴現場，揮拳的男人，捱打的女人，他們到底是怎麼形成加害人與受害者的關係的？加害人知道只要加以補償，他就可以恣意的對老婆拳打腳踢；受害者則為了得到補償，將丈夫的暴力美化為熱情與愛的展現。這似乎是一種試探與默許的契約。

奧・亨利也對婚姻提出了嘲諷，小說中的兩個丈夫，都給女人帶來痛苦，一個是施行暴力，另一個則施行冷漠。

整天看報紙，對老婆不理不睬，這樣的冷淡疏離，讓老婆羨慕起被家暴的鄰居。甚至願意相信，那些瘀青的傷痕，都是因為「在乎」，是「愛與熱情的印記」。她是多麼寂寞，多麼渴望著愛啊。

尖銳的挑釁之後，佛系的老公終於站起來了，他沒有揮拳打老婆，而是去幫老婆洗衣服。不能不說這是一個可喜的轉變，希望除了洗衣服之外，他還可以做得更多。

想一想
得到更多

A

婚姻生活真的是「如人飲水，冷暖自知。」每對伴侶都有專屬的甜蜜，也有不足為外人道的艱辛。看見別人的生活裡有些令人羨慕的事，而自己沒有，你會因此而覺得痛苦嗎？你想要擁有別人擁有的生活嗎？

B

你相信「有愛就有傷害」這樣的論點嗎？因為愛你，所以忍不住傷害你，讓你痛苦，你能接受嗎？你認為健康的愛，應該是怎麼樣的？

蒲公英約定

O. Henry

三月裡的某一天，莎拉對著餐廳的菜單哇哇大哭。

到底發生了什麼事？或許你會猜想，是不是這個女孩心愛的龍蝦賣完了；還是因為齋戒日期間她不能吃冰淇淋，所以悶悶不樂；再不然呢，就是她點了不喜歡吃的洋蔥，現在正悔不當初呢。

其實，這些猜測都不正確。

莎拉，是一位自由工作的打字員，有時候也兼點複印，賺取外快。但是，由於她在商業學校中並沒有修習過「速記」這門課程，以至於無法在大公司裡工作，這當然令她感到落寞。也因此，前一陣子，莎拉在史丘伯格所經營的「家常餐廳」裡達成的交易，竟成為她在這個處處不如意的世界裡，贏得最光輝的一次大勝利。

事情是這樣的。

這家餐廳就在莎拉住的那棟紅瓦屋隔壁。

有一天她在這家店裡吃完四十分錢的客飯後，便將菜單拿走了。那份菜單上潦草的字跡既不像英文也不像德文，實在很難辨認，而廚房上菜的速度又如此之快，如果不留神注意些，往往等到用餐完畢，客人還搞不清楚自己到底吃了些什麼。

第二天，莎拉給老闆史丘伯格一張精心設計後的菜單，用打字的方式，從「冷盤」寫到「不負責保管外套及雨傘，敬請見諒。」完整呈現。

一張漂亮的菜單。

一見到這張精美的菜單，老闆史丘伯格愛不釋手，立刻和莎拉達成協議，要她每天替這家餐廳打出三份（包含了早、中、晚）的新菜單。而且每張桌子都要有一份。至於酬勞，則是由餐廳免費供應莎拉美味的三餐，並且派一位服務生定時送到她的房裡去。

當新菜單出現在餐廳裡時，老顧客們終於知道自己長久以來，所吃的食物該怎麼稱呼了。雖然有時他們會覺得這些菜的味道怪怪的，似乎不像菜單上的名字這麼美妙，但是至少，他們再也不必從模糊難辨的菜單中亂點，直到菜送來還不知道吃的是牛還是羊？是紫蘇還是梅子呢！

至於莎拉，整個冬天都不必再為吃飯發愁了，她興奮的盤算著，覺得這真是一項挺划算的交易。

有一天下午，莎拉坐在豪華又有暖氣的房間裡。

方才她還專注地替餐廳的菜單打字，此刻眼光與心神卻已飄移到了窗外了。

從窗外看出去，一條長滿青草的小巷子，被櫻桃樹和榆樹的濃濃樹蔭所遮蔽，圍繞著這些樹的，則是野草莓的嫩芽和粉紅色玫瑰。

她知道，春天來了。

去年春天，莎拉到鄉下渡假，在那兒認識了一名農夫，叫作華特，並且

與他墜入情網。

某一天，在一條僻靜地、覆蓋濃蔭，地上還長滿野草莓的小巷裡，他們緩緩的並肩坐下。華特發自衷心的稱讚她棕色的頭髮，可是那略顯生澀的語氣與靦腆的神情，使得他看起來有些吃力。在沉默下來的瞬間，華特隨手用蒲公英編成一頂花冠戴在她頭上。她低垂著睫毛，眼前被霧氣輕輕掩覆，她知道自己該說些什麼，卻什麼話也說不出，於是，她害羞地站起身，像做著一場夢似的，走回房裡，靜靜沉醉在甜美的感覺中。

不久之後，他們有了新的計畫，一場春天的婚禮。

為了籌備這場婚禮，莎拉不得不與華特暫時分離，回到城市繼續她的打字員生涯，希望儘快賺到足夠的錢。

忽然，一陣敲門聲將莎拉從往日的甜蜜回憶裡喚醒，服務生送來老闆史丘伯格潦草字跡寫成的菜單。莎拉平撫一下波動的心緒，又重新坐回打字機前拿起一張卡片捲入滾筒內，開始認真打字。

她是一位熟練的打字員，通常一個半小時就可以完成所有菜單卡片。她簡略的掃視一下菜單，發覺今天的口味比往常改變許多，清湯取代了濃湯，主菜刪去了豬肉，烤肉中只放了俄羅斯蕪菁——就連菜單，也充滿了濃濃的春天氣息。

菜單透露出來的巧妙安排，彷彿讓人看見小羊在翠綠的山坡上蹦蹦跳跳，陽光遍灑著大地，而海岸群聚的牡蠣，則張口齊聲高唱著情歌。春天，讓平底鍋英雄無用武之地，懶懶的靠在烤肉架後面。取而代之的，是烤箱裡爽口的派皮，在逐漸受熱膨脹中，傳遞新季節的氣息。

連冬天裡令人垂涎三尺的布丁，也消失不見了……底下鋪著新鮮青菜的香腸、蕎麥，以及甜美的楓葉姑娘，緊抓住好時節，揮霍起短暫卻又華麗的歡樂。莎拉的手指在字鍵上跳動，如同蜻蜓點過夏日小溪。

她迅速地瞄一眼草稿，然後憑經驗將各道菜排在正確位置上。點心的上一道排的是蔬菜，包括紅蘿蔔、豌豆、烤蘆筍、番茄、玉米，高麗菜，還有……莎拉再也忍不住了，對著菜單大哭起來。

發自內心的絕望化作一股激流聚集在眼內，順勢而下。

她將頭伏在打字桌上，字鍵卡卡作響，陪伴著哭泣的聲音。

因為，她已經兩個星期沒有接到華特的來信了。偏巧，菜單下一個項目就是蒲公英加一些蛋。

蛋並不重要，但是，蒲公英——莎拉永遠也忘不了華特曾將蒲公英花冠，戴在她這個未來新娘的頭髮上。

蒲公英，原本是春神的小跟班，如今卻成了憂鬱的花冠。

漸漸地，莎拉停止了哭泣。

「菜單總是要打好的呀！」她對自己說。

但是，她實在很難從蒲公英的金色夢境中甦醒。她緩緩地將手指放在鍵盤上觸摸了一會兒，心中仍是自己與華特在巷子裡散步的景象。要不了多久，當她看到窗外曼哈頓區，人潮洶湧，熙來攘往的景象，便又打起精神，恢復了以往的專心與工作效率。

接近六點鐘的時候，服務生送來晚餐和一張明日菜單給她。她心不在焉地吃著飯，晚餐裡有一盤蒲公英，還裝飾著小花環。莎拉面對著這道製作精巧，如同她戀愛定情物的蒲公英，實在難以下嚥。

七點半，隔壁房間的夫婦開始爭吵；樓上的房客也拿出笛子吹奏出荒腔走板的調子；窗外有三輛運煤車正準備卸貨，陣陣煤煙味撲鼻。此刻，唯有收音機的聲音還能使人平靜些。

這些聲音陸續出現，都在提醒莎拉，閱讀時間到了。她無情無緒地從書架上挑選一本書，不好，太沉悶了。這一本，嗯，結局太哀傷，她挑了好久，才決定還是第一本比較合適。靠在窗邊翻著書頁，正要專心閱讀，突然，樓下大門鈴聲響起，莎拉聽到房東開門的聲音。

她仔細聽著，樓下傳來一陣低沉交談，她立刻丟下手邊的書衝到樓下。

沒錯！就是他。

當莎拉走到樓梯盡頭，正好看到她心愛的華特三步併一步奔跑過來。雖然是涼爽的春天，他的髮絲卻結著汗水，藍色眼睛裡罩上了焦慮的灰光。莎拉哭著問華特：「你為什沒有寫信給我？為什麼？」

華特著急地回答：「紐約實在太大了，一星期前我來到這裡，曾到妳以前住的地方找過，但是妳已經搬走了。這些日子以來，我請警察幫忙，想盡方法到處打聽妳的下落……」

莎拉激動地說：「我曾經寫信給你。」

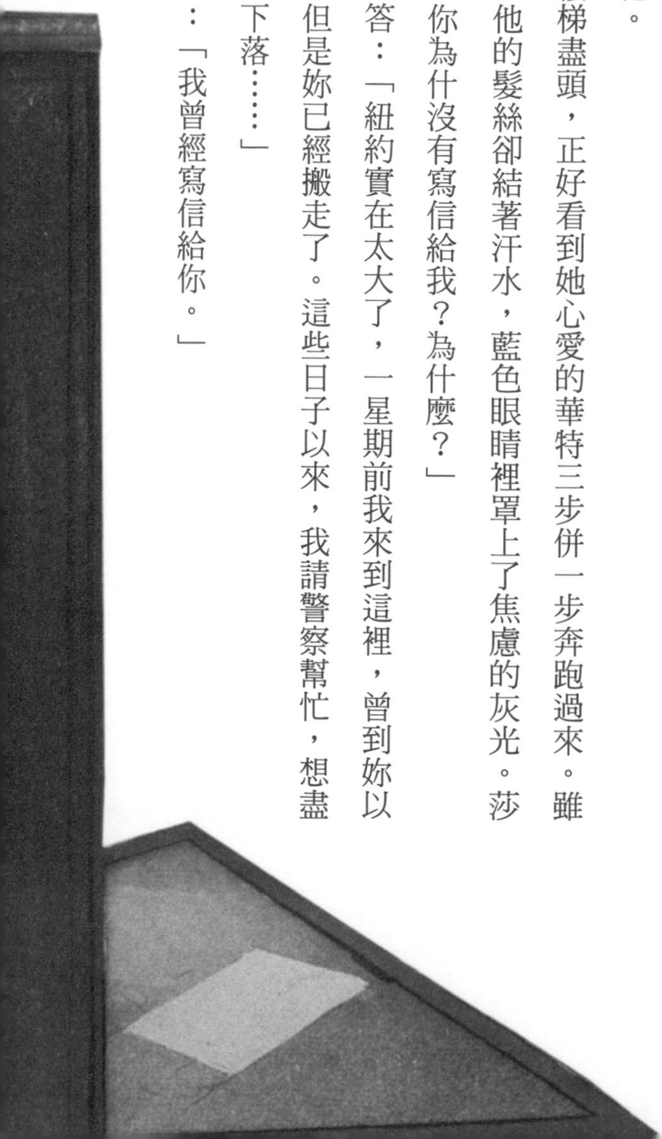

「可是，我真的沒有收到。」華特緊張地回答。

「那麼，你是怎麼找到我的？」莎拉感到疑惑。

此時，華特的藍眼睛閃閃發亮，露出了屬於春天氣息的迷人笑容，他說：「今天傍晚，我到隔壁的『家常餐廳』吃飯，坐下來後，我拿起印刷精美的菜單，準備要點菜，看到高麗菜之後下一道菜的時候，我轉頭叫老闆來。是他告訴我，妳住在這兒的。」

莎拉滿心喜悅的說：「我還記得，高麗菜的下一道菜是蒲公英。」

華特說：「菜單上有一個大寫的『W』，是它幫我找到妳的……」

莎拉很驚訝：「可是，蒲公英（Dandelions）這個字裡並沒有『W』呀！」

華特於是從口袋裡拿出一份菜單，指著它上面的某一行……

莎拉立刻認出這是她今天下午打的第一份菜單。

菜單的右上角，還依稀可以看出因淚痕而造成的發亮斑點。

但是，在這斑點的上方，有一行原本應該寫著蔬菜名稱的地方，由於莎拉難忘金色蒲公英的回憶，竟然不知不覺地，在高麗菜和青椒之間打上一行字：

「親愛的華特（Walter），配上煮老的蛋。」

曼娟私語

作家的靈感從哪裡來呢?許多作家都被問過這個問題,奧·亨利的回答是:「任何時間與地方,都能激發靈感。」正因為作家是生長著「看不見的觸角」的奇妙人類,所以,一次城市裡的夕照;海邊懸崖上的霧鎖燈塔;市集裡販賣著手工花圈的年輕女孩,甚至只是一張平凡無奇的菜單,都閃動著靈感的光亮,能被他們的觸角捕獲。

莎拉是個年輕女孩,她遇見了珍愛的男孩,並準備與他結婚,可是,他們必須分離,在她存到足夠的錢之前。於是,春天

的景象在在觸動了莎拉的思念，眼中看見的都是美好，連結著過往的甜蜜回憶。只是，當她沒收到愛人華特的信，愈等待愈心慌，眼前景象也變得混亂，令人煩躁了。

她在焦慮的不安心情中，誤植了一個「W」，洩漏了深深的想念，也是這個字母，帶著華特找到她。

當我們專注熱烈的思念一個人，只要與對方的心意相通，總是可以找到彼此，找到愛。

想一想 得到更多

A

為了愛情，為了結婚，莎拉和華特必須忍受分離之苦。你願意為了愛與幸福而忍受分離之苦嗎？或是情願辛苦的生活在一起，也不要分開？

B

如果你像莎拉一樣有某種技能，你會主動幫助別人嗎？也許不一定能得到回饋，說不定會被認為多管閒事，你還願意做嗎？

最後一片葉子

O. Henry

華盛頓廣場西邊，有一個小社區，裡頭的巷道相互交錯，形成一條條短街。

帶著濃濃的舊式格林威治村味道，裡頭的居民雖身處在大城市裡，卻仍保有著如鄉村般正直樸素的性格，好比說，無論是哪一位收款員走進這地區，出來時一定能全數收齊。

因為，這裡的居民不習慣賒欠別人一分一毫。

這些性格古怪又有趣的居民，漸漸受到人們的注意，連帶這個社區，也成為人們眼中，一個充滿風格的新住所，假日時，許多人來到此地閒逛，更多人來這裡尋找適合的房子……看看是否有窗口朝北的房間，或是荷蘭風味的小閣樓。這裡頭不乏居住在城市各角落的藝術家，他們似乎有默契的，不約而同紛紛搬進這個社區。

像是一波小移民潮般，許多店家開幕了，第六街的白臘杯，以及附有爐子的火鍋悄悄地陳列在櫥窗上，和那些新來的居民一樣，這地方也在悄悄的轉變。

蘇和裘絲是新居民的其中之一，她們在第八街的咖啡座相遇，兩人坐了下來，聊起各自的喜好，她們都很驚喜的發現，彼此有太多相似之處……

兩人平常都穿著寬大袖子的衣服，那會讓她們覺得十分舒適自在，同時，對於生菜沙拉都有特別的偏愛，更重要的一點，是她們對藝術充滿狂熱。兩人興奮地聊著，最後竟在數日後，一起搬進一棟三層樓磚房的閣樓，成為室友。

現在已是五月天，在日光照拂下，巷道裡流動著溫暖的風，窗外靜謐的世界，彷彿從來沒有經歷過嚴冬的諠譁。

其實，就在去年十一月的寒冬，不速之客「肺炎」曾來到城市東邊，之後，便無賴地轉移到西區。

它在這些小街道裡奔竄，並用冰冷的指尖，觸碰著與它擦肩而過的可愛居民。看著人們一個個病倒，它的嘴角揚起惡作劇的微笑。

某日早晨，裘絲將脖子縮在厚暖的圍巾裡，迎著刺骨寒風，走進巷道。就在轉角處，恰巧與這位不速之客相遇了，它輕拍了一下她的肩膀，然後帶著詭異的笑容走開。

不知情的裘絲，回家之後才發現自己不對勁，幾天之後，她幾乎不能走動，只能躺在房間的鐵床上，蒼白而虛弱的看著窗外。

外頭正興建著新房子，一天天接近完工，這是她唯一能看到的，變動的世界，其餘的，都被阻隔在外。

天氣愈來愈冷，天空裡，瀰漫著一股絕望的氣氛。

忙碌的醫生終於提著大箱子，抽空來到磚房閣樓，探視裘絲的情況。

他脫下厚重大衣，熟練地替裘絲量體溫，打針，並且和善地問了一下，是否有其他不舒服的地方，臨走時，醫生告訴裘絲：「再過幾個禮拜，妳就能痊癒了。」她勉強微笑回應，目送醫生離去。

門外，蘇陪著醫生下樓，她想知道醫生的診斷：「裘絲的病好點了嗎？」

醫生嘆了口氣：「這樣說吧！她只有十分之一的治癒機會，然而，這十分之一的機會，還是留給有求生意志的人，這種病……很困難的。在我看來，她似乎陷在沮喪之中，我擔心，她已經決定放棄自己了。」

「那……我該怎麼幫她呢？」聽了醫生的話，蘇忍不住難過起來。

「除非能夠知道，有什麼事可以激發她的求生意志。」醫生平和地說。

「啊！我記得她一直夢想著，有一天能畫出拿坡里海灣的全景。」蘇激動地說。

「畫畫！會有那麼大的力量嗎？我是說，有沒有更讓她牽掛的，比方說，一個男孩？」醫生拎著皮箱，已走到樓下。

「男孩！值得嗎？不，我想不會有這個人的，醫生。」蘇嗤之以鼻的回答。

「無論是什麼，如果不快點找到，她可能會更加惡化。我當然會盡我所能來治療她，但是卻不能保證什麼。」醫生遺憾地說。

此刻，蘇也已說不出話來了。

醫生正要轉身離去，忽然想起什麼似地：「對了，妳要特別注意一件事，當病人開始計算她在人世間還剩多少時間時，治癒的希望就更加渺茫了。如果她真有這種情況出現，妳一定要想個辦法，試著引起她對某事的注意，比方說，今年冬天大衣款式如何……這類引起興趣的話題，千萬不要讓她太專注在自己的病痛上。」

蘇似懂非懂的點頭，關上門後，她悲傷地走入工作室，滿腦子都是醫生剛剛所說的話。她無意識地拿起桌上一張日式圖案的紙巾，慢慢將它撕成碎片。

整理一下情緒，蘇拿起畫版與顏料，在走進裘絲房裡之前，她哼起音樂，希望能將輕快的心情，順道帶入房間。

裘絲靜靜地躺著，依然側著臉面向窗口，像是睡著。

外頭的興建工程，單調地進行著，蘇停止了唱歌，怕吵醒一直失眠的裘絲。

她輕巧地架好畫架，陪伴在裘絲身邊，開始她一天的工作。

她替一份刊物畫著素描，在裘絲規律的鼻息中，房間有著久違的安詳平靜。此時，蘇已經構思出一個英雄人物，一個穿著馬褲、戴單眼罩，體格高大的牛仔。就在她專心地畫著草稿時，卻聽到床上傳來幾聲低語，微弱且斷斷續續地。

蘇趕緊跑到床邊，這才看到裘絲張大著眼，注視窗外，口中數著……喔！是倒數著：「十二」、「十一」、「十」、「九」、「八」、「七」……

蘇摸不著頭緒地往外看去，什麼東西也沒有，除了新蓋的房屋外，就只剩一個空盪盪的院子，在冬日慘白的天色裡更顯得冷清淒涼。要說還有什麼，就是圍牆上盤著的老常春藤，看起來根部已經腐爛，更顯得孤單凋零。

蘇貼近她，溫柔地問：「嗨！妳在數什麼？」

裘絲喃喃著：「天哪！葉子一天比一天掉得多，好快啊，三天前樹上還有一百片左右，我每天都得努力數他們，搞得我頭好痛。但是，現在葉子只剩下……啊！妳看，又掉了一片，現在只剩下五片了，只有五片……」到最後，裘絲幾乎叫了出來。

「妳究竟在說什麼？裘絲。」蘇緊張地抓住她。

「常春藤的葉子，妳知道嗎？等到最後一片落下來時，我的生命也將結束。我想……」裘絲落寞的說：「再過三天，葉子就會掉光了吧。」

「妳在胡說什麼！」蘇生氣了。

「難道醫生沒告訴妳嗎？」裘絲的眼中帶著所有的理解。

蘇愣住了，但是她馬上恢復神色，不急不徐地回答：「妳別亂想，醫生今天早晨才告訴我，妳這種病恢復的機率很高，就像我們在紐約市走著，要遇到一棟新大樓或者巴士的機會是一樣多的。所以，妳現在就趕快把熱湯喝完。」

蘇遞給她餐具，順便替她撥了一下額前的瀏海，繼續說：「把湯喝完，妳可以好好睡一下，我就在旁邊畫畫陪妳，等到我的畫賣給雜誌社，就有錢買妳最喜歡的波特酒，也可以替我自己買些肉解饞。」蘇笑著說。

袞絲沒有特別的反應，依然看著窗外，喃喃地說：「我想，以後妳就不用買酒了……啊……」她輕呼：「又掉了一片。」

「別這樣。」蘇想將窗簾拉上。

「我不想喝湯。」袞絲將碗放到一邊，阻止蘇：「現在只剩下四片了。風這麼大，這些葉子一定撐不到天黑，我想親眼看到最後一片葉子落下，然後，跟隨著它告別人世。」

蘇俯身對她說：「我的好朋友，答應我閉上眼睛好好休息，直到我工作完成好嗎？明天一早我就得將畫稿交出去。」

裘絲口氣冷漠：「如果妳覺得我影響到妳，為什麼不到隔壁去呢？」

聽到她說的話，蘇生氣了：「在這裡我可以就近照顧妳，還有，妳不要再盯著這些無聊的樹，計算那無所謂的落葉。」

裘絲的語氣軟化了：「好吧，等妳畫完時叫我一聲。」她說完便躺了下去，慢慢閉上眼睛，蘇看著她的側臉，彷彿一座雪白的大理石雕像。

閉著眼的裘絲仍張嘴，小聲地說著：「我已經厭倦了無止境的等待與思考，就像那些疲倦的葉子，終於可以放鬆，從樹上飄呀飄地，飄下來。蘇，我是真的想親眼看到，那最後一片葉子落下。」

蘇只能安慰她：「試著睡一覺好嗎？這種情況很快就會過去的。待會兒，我想請樓下的貝曼先生，來當我的模特兒，大約一分鐘後就回來，別亂動唷！」

蘇走到住在一樓，貝曼先生的房間，六十幾歲的他也是個畫家，只是四十多年來，他靠畫畫所賺的錢，都還不夠讓他買一套西裝，平常就靠畫些商業廣告的東西過活，有時，附近年輕的畫家為了省錢，也會找他當模特兒，末了再給一點錢就可以了。

雖然如此，貝曼先生心裡一直有個夢想，就是要畫出一幅不朽名作。這個願望，總在爛醉如泥時，才聽得到他的叨叨念念。

一臉落腮鬍的他看起來有點兇，事實上也是，但唯獨對於樓上那兩個女孩……裘絲與蘇特別溫柔，這也引起了旁人的嘲諷，但無論別人怎麼說，貝曼先生總不避諱地以她們的守護神自居。

貝曼先生的房間光線十分微弱，蘇站在門口就可聞到濃烈的杜松子酒味。

角落的畫架上零亂地掛著一塊年代久遠的畫布，空盪盪地等了二十五年，卻始終等不到它的主人在上頭揮灑，連一筆也沒有。

蘇看到貝曼先生斜靠在椅背上，半闔的眼皮以及渙散的眼神，看來又是一夜宿醉。

「貝曼先生。」蘇小聲地叫他。

聽到蘇的聲音，他清醒了許多：「有什麼事嗎？」

「我要畫個男人，想請你當模特兒。」蘇走進房間，來到他身邊。酒氣依然濃重，蘇被薰得有些暈眩。

「好呀！我洗個臉，待會兒就上去找妳。喔，對了，裘絲的狀況有比較好嗎？」貝曼先生一直掛念著裘絲。

「我不知道該怎麼說，她今天竟然開始幻想，自己會和院子裡那些落葉一樣，輕飄飄地死去。」蘇懊惱著，將裘絲的說法都告訴他。

貝曼先生睜大了眼睛，生氣地說：「真是太可笑了，這世上哪有人會因為看到一棵老樹葉片凋零，就聯想到自己離死亡不遠，愚蠢！真是太愚蠢了。蘇，妳難道沒辦法阻止她這種荒謬的想法嗎？聽到這種話，我根本沒心情當什麼模特兒……唉！可憐的孩子，裘絲。」

蘇聽到他最後那幾句話，也不高興了：「她可能是因為高燒不退，才說這種傻話。貝曼先生，如果你不願意當我的模特兒，就算了，用不著找這種理由，哼！你這個脾氣古怪的老頑固……」

貝曼被蘇給罵了一頓，也不甘示弱提高了聲量：「妳這喋喋不休的女人，我什麼時候說不當妳的模特兒了？我只是說沒心情……唉！算了，妳先上樓吧，半小時後我會準備好上去找妳。唉……上帝真是殘忍，讓善良的裘絲受這種苦，我一定得想想辦法。」蘇走後，他自言自語著。

床上的裘絲已經安穩地睡去，蘇開門時躡手躡腳地，怕發出聲音。她悄悄將窗簾拉下，此時，貝曼也已經上樓，探頭看著。

蘇伸出食指壓在唇上：「噓！」示意他動作輕一點，並要貝曼到隔壁房間。

窗外已飄起了細雪，強勁的風勢打亂了所有景色。貝曼站在隔壁房的窗邊，一個人看著院子沉思，連蘇走來都沒發覺。

「那些葉子……」蘇欲言又止，十分不安。

貝曼轉頭看了蘇一眼，什麼話也沒說。

他默默地穿上藍襯衫，像個礦工，並且依蘇的要求，擺了一個坐在岩石上的姿勢。整個下午，蘇專心且快速地畫著，想趕在裘絲醒來前完成。

晚上，城市下起了大雪，她在這樣的夜晚繼續其他的畫稿，直到快天亮才忍不住睡著。

當第二天早晨的陽光叫醒了蘇，她才發覺裘絲早已醒來，窗簾已被拉開，裘絲神情呆滯地望著窗外。

蘇突然湧起一股不祥的預感，她無法理解裘絲此刻的神情，只能鼓起勇氣順著她的視線看去。

這……真是不可思議，蘇讚歎起來，她看到窗外，經過昨晚的一場風雪，圍牆上的常春藤竟然還掛著一片葉子，那最後一片葉子……雖然葉緣有些枯黃，但大部分的葉面還是濃濃的綠，它勇敢而堅定地，懸在枝幹上。

裘絲並沒有露出高興的樣子，依然沮喪地說：「已經是最後一片了，我想，今天晚上它一定會落下，蘇，妳聽這風聲，就是今晚了，而我也將在那時與你們道別。」

蘇覺得心裡好累，她已無力再安慰裘絲任何話了。蘇將臉靠在枕頭邊，失落地說：「裘絲，想想我好嗎？如果妳都不願意為自己努力，那我該怎麼辦呢？」

裘絲沉默著，像是靈魂隨時準備啟程，往一個神祕，遙遠的地方走去，儘管，她知道那將有多孤單。

蘇明白了，裘絲已被奇特的意念綑綁住，再也沒有人能為她做任何事。第二天的清晨又來臨，蘇已有最壞的打算，她平靜地走到裘絲床邊。外頭的雨勢雖大，咻咻地砸在玻璃上，但北風已經不再強勁，有些亮光透進來，蘇沒等裘絲要求，「刷！」地一聲拉開窗簾，面無表情地說：「看吧！如果一片葉子真的可以決定妳的生命。」

蘇看也不看一眼，轉過身到爐邊繼續煮湯。

「蘇。」過了好久，裘絲終於叫她：「對不起，我真是個壞女孩，不應該讓大家這麼擔心的。我可以喝碗湯嗎？再給我一杯加了少許波特酒的牛奶，還是……先拿鏡子讓我梳一下頭髮，幫我豎起枕頭，我想坐起來看妳做菜……啊！我有太多事想做，有一天，我一定要畫一幅拿坡里海灣的全景。」

蘇訝異地轉過身，聽著裘絲剛剛說的一番話。更令她訝異的是，透過窗戶看出去，圍牆上那片葉子，竟還停留在樹上。

「真慚愧！和它比起來，我太脆弱了。」裘絲抱歉地說。

下午，蘇請來了醫生，這一次醫生在樓下，先前幾次的沉重一掃而空，他拍拍蘇的手，告訴她：「妳的朋友已經脫離險境，接下來只要多多休息，以及補充些營養就夠了。喔！對了，妳們認識貝曼先生嗎？和妳們住同一棟樓的鄰居。」

蘇點點頭，不解地望著醫生：「他怎麼了？」

「他也得了肺炎，病得相當嚴重。可能是因為年紀大了，身體十分虛弱，一直沒有好轉的跡象。今天一早才送到醫院，也好，他只有一個人，不像妳們還能彼此關心，在那個地方，應該能接受比較好的照料。」

「怎麼會呢？前兩天他還好好的……」蘇心裡一陣難過。

她問清楚醫院的地點，來不及跟裘絲說一聲就出門了，蘇想著剛剛醫生說的話：「可憐的貝曼先生，生病時身邊一個人也沒有，我得去看看有什麼需要幫忙的。」蘇愈想愈感傷。

下午，蘇從醫院回來，走進裘絲的房間，看到她手上正織起一條藍色圍巾。

裘絲抬頭對她微笑著，她走了過來拍拍裘絲肩膀，眼睛紅紅的，好像剛哭過：「來！我有事要告訴妳。」

裘絲張大眼睛，等著她繼續說下去。

「貝曼先生剛剛在醫院去世了，也是肺炎。只病了兩天，就是我請他當模特兒那晚開始。真糟糕，他後來還是被管理員發現的，聽說那時他已經痛苦地躺在床上，鞋子和衣服都濕透了，全身凍僵……他們覺得很奇怪，這麼冷的天氣貝曼先生會到哪裡呢？後來，他們在屋裡角落看到一盞點亮的煤燈，旁邊放著一把梯子，幾把刷子零零落落地，丟在沾滿綠色黃色顏料的調色盤上。」

「裘絲。」蘇說話的速度慢了下來，哽咽著：「妳不覺得奇怪嗎？為什麼圍牆上那片葉子，起風時卻一動也不動……因為，它就是貝曼先生的不朽名作……他在最後一片葉子凋落時，將這幅圖畫在圍牆上了。」

曼娟私語

人類是大自然的一部分，大自然的種種對我們的影響是很大的。我們會因為自然界的凋零衰敗覺得感傷，也會因為欣欣向榮的生命力而被激勵。

〈最後一片葉子〉是我接觸奧．亨利的第一次，那時只是個小學生，卻在聽完這個故事後，默默地濕了眼睛。我的感動在於，貝曼先生願意為了他人而犧牲自己。他是一個落魄的藝術家，曾經懷抱著名揚天下的夢想，當他進入老年，應該明瞭這願望是遙不可及的吧？然而，當他見到兩個女孩在為生命而奮鬥時，他想

為她們盡點力。他知道，如果裘絲被肺病打敗，離開人世，對於蘇的打擊是多麼巨大與殘酷。

貝曼先生窮畢生之力，在牆上畫出一片擬真的葉子，不管風吹雨雪都堅強地撐住，絕不落下。這景象果然鼓舞了病危的裘絲，她的求生意志變得堅定，終於挺過危險，獲得重生。

2020年以來，新冠病毒造成的肺炎，成為全球性災難，此刻重讀這個故事，不免想到，若奧·亨利生於現代，他會創作出什麼樣的故事呢？而那片永不凋落的葉子，又在哪裡呢？

想一想
得到更多

A

在這個故事中，作者寫出了主角裘絲在面對病痛時的沮喪和絕望。對比2020年爆發的新冠肺炎疫情，每天口罩不離身、保持社交距離、減少出入公共場合，日常生活一刻都不能鬆懈，你的心境是否出現一些變化？對於未來是否仍充滿希望呢？

B

裘絲與蘇宛如家人，又像是生命共同體。貝曼先生則以她們的「守護者」自居，哪怕受人嘲笑也無所謂。你相信世上有無血緣的家人關係嗎？你願意建立這樣的關係嗎？

國家圖書館出版品預行編目資料

張曼娟讀奧.亨利/奧.亨利(O. Henry)原著 ; 張曼娟編譯.導讀.
-- 初版. -- 臺北市 : 麥田出版, 城邦文化事業股份有限公司出版 : 英屬蓋曼群島商家庭傳媒股份有限公司城邦分公司發行,
2021.06　面 ;　公分. -- (張曼娟的課外讀物 ; 1)
ISBN 978-626-310-012-1(平裝)
1.小說 2.文學評論

874.57　　110007577

張曼娟的課外讀物 1

張曼娟讀奧·亨利

原著作者　奧・亨利（O. Henry）
編譯導讀　張曼娟
編選協力　楊小瑜
校　　對　楊小瑜　李胤霆
責任編輯　林秀梅

版　　權　吳玲緯
行　　銷　何維民　吳宇軒　陳欣岑　林欣平
業　　務　李再星　陳紫晴　陳美燕　葉晉源
副總編輯　林秀梅
編輯總監　劉麗真
總 經 理　陳逸瑛
發 行 人　凃玉雲

出　　版　麥田出版
104台北市民生東路二段141號5樓
電話：(886)2-2500-7696　傳真：(886)2-2500-1966、2500-1967
發　　行　英屬蓋曼群島商家庭傳媒股份有限公司城邦分公司
104台北市民生東路二段141號11樓
書虫客服服務專線：(886)2-2500-7718、2500-7719
24小時傳真服務：(886)2-2500-1990、2500-1991
服務時間：週一至週五09:30-12:00・13:30-17:00
郵撥帳號：19863813　戶名：書虫股份有限公司
讀者服務信箱E-mail：service@readingclub.com.tw
麥田部落格：http://ryefield:pixnet.net/blog
麥田出版Facebook：https://www.facebook.com/RyeField.Cite/

香港發行所　城邦（香港）出版集團有限公司
香港灣仔駱克道193號東超商業中心1樓
電話：(852) 2508-6231　傳真：(852) 2578-9337

馬新發行所　城邦（馬新）出版集團【Cite(M)Sdn. Bhd.】
41-3, Jalan Radin Anum, Bandar Baru Sri Petaling,
57000 Kuala Lumpur, Malaysia.
電話：(603) 9056-3833　傳真：(603) 9057-6622
E-mail：cite@cite.com.my

美術設計　謝佳穎
印　　刷　前進彩藝有限公司

初版一刷　2021年7月1日 初版一刷
定價／320元
ISBN 978-626-310-012-1　ISBN 9786263100084 (EPUB)